STEFAN
ZWEIG

NOVELA DE AJEDREZ

ALMA CLÁSICOS ILUSTRADOS

STEFAN ZWEIG

NOVELA DE AJEDREZ

Traducción de Itziar Hernández Rodilla

Ilustrado por
Paul Blow

NOVELA DE AJEDREZ

En el gran vapor de pasajeros que debía zarpar a media-
noche de Nueva York hacia Buenos Aires reinaba el ajetreo
típico de última hora. Los visitantes de tierra se apretujaban
como podían para despedir a sus amigos; botones con tele-
gramas, el gorrito torcido sobre la frente, voceaban nombres
por los salones; se acarreaban ramos de flores y maletas, los
niños corrían curiosos escaleras arriba y abajo, mientras
la orquesta seguía tocando imperturbable en cubierta. Un
poco apartado de semejante guirigay, me encontraba con-
versando con un conocido en el paseo de cubierta cuando, a
nuestro lado, un vivo destello relampagueó dos o tres veces:
los reporteros debían de estar entrevistando y retratando a
toda prisa a algún famoso, aun a punto de zarpar. Mi amigo
miró y sonrió.

—Llevan ustedes a una *rara avis* a bordo: Czentovic.

Y, como seguramente puse gesto de no haber comprendido su comentario, añadió, a modo de aclaración:

—Mirko Czentovic, el campeón mundial de ajedrez. Ha recorrido Estados Unidos de este a oeste de torneo en torneo, y parte ahora en busca de nuevos triunfos hacia Argentina.

En efecto, me acordé entonces de aquel joven campeón mundial e incluso de algunos detalles en cuanto a su meteórica carrera; mi amigo, un lector de periódicos más atento que yo, pudo completarlos con toda una serie de anécdotas. Czentovic se había colocado de golpe, hacía más o menos un año, en la línea de los más reconocidos maestros del arte ajedrecístico, los Alekhine, Capablanca, Tartakower, Lasker, Bogoliúbov; era la primera vez, desde que el niño prodigio de siete años Reshevsky apareció en el torneo de ajedrez de 1922 en Nueva York, que la irrupción de un total desconocido en el insigne gremio provocaba semejante revuelo. Pues, en un principio, las cualidades intelectuales de Czentovic no parecían augurarle en modo alguno una carrera tan deslumbrante. Pronto se filtró el secreto de que, en su vida privada, este campeón de ajedrez era incapaz de escribir sin faltas una frase en cualquier lengua, y cómo uno de sus enojados colegas se había mofado rabioso diciendo que «su incultura era universal en todos los ámbitos». Hijo de un eslavo meridional pobre como las ratas, barquero del Danubio cuya minúscula barca había sido arrollada una noche por un vapor de cereales, el muchacho, que tenía doce años por aquel entonces, había sido acogido por compasión, tras la muerte del padre, por un párroco de los andurriales, y el buen religioso se había esforzado honradamente en reparar, con lecciones en casa, lo que aquel niño taciturno, apático y sin dos dedos de frente no había conseguido aprender en la escuela del pueblo.

Pero todo su ahínco había sido en vano. Mirko clavaba la vista en los caracteres que le habían explicado ya un centenar de veces, siempre desconcertado; incluso para las materias más sencillas carecía su torpe cerebro de toda facultad duradera. Cuando calculaba, todavía a los catorce años, tenía que ayudarse de los dedos, y leer un libro o un periódico aún significaba para el ya adolescente un esfuerzo considerable. Aun así, no se podía decir en absoluto que Mirko fuese holgazán o díscolo. Hacía obediente lo que se le pedía, iba por agua, partía leña, ayudaba en el campo, recogía la cocina y se podía confiar en que haría, aunque con exasperante lentitud, todas las tareas que se le encomendasen. Lo que más disgustaba al buen párroco, no obstante, del tozudo muchacho era su total indolencia. No hacía nada a menos que se lo sugiriesen, nunca hacía preguntas, no jugaba con otros chavales y no buscaba por sí mismo en qué ocuparse, salvo que alguien le diera órdenes expresas; en cuanto terminaba sus quehaceres domésticos, Mirko se sentaba hosco en el cuarto, con esa mirada vacía de las ovejas en los prados, sin participar lo más mínimo en lo que sucedía a su alrededor. Mientras el párroco, fumando con deleite la larga pipa de campesino, jugaba por las noches con el sargento del cuartelillo sus habituales tres partidas de ajedrez, el rubiales se acurrucaba en silencio junto a ellos y perdía la mirada, entre los pesados párpados, como flojo y adormilado, en la cuadrícula del tablero.

Una noche de invierno, mientras los dos jugadores estaban ensimismados en sus partidas diarias, sonaron en las calles del pueblo las campanillas de un trineo cada vez más rápidamente. Un campesino, la gorra llena de nieve, entró con paso firme en la casa: su anciana madre agonizaba y el párroco debía darse prisa para llegar a tiempo de darle la extremaunción. Sin dudarlo, el sacerdote lo siguió. El sargento del cuartelillo, que no se había terminado aún el vaso de cerveza, se encendió como despedida una nueva pipa y se dispuso, asimismo, a calzarse las pesadas botas de caña, cuando se dio cuenta de lo inmutable que seguía la mirada de Mirko en el tablero de ajedrez con la partida a medias.

—¿Qué? ¿Quieres terminarla tú? —se mofó, completamente convencido de que el adormilado muchacho no sabría mover bien ninguna de las piezas.

El chico lo miró medroso, luego asintió y se sentó en el lugar del párroco. Al cabo de catorce movimientos, había ganado al sargento, quien tuvo que reconocer, además, que su derrota no era en absoluto consecuencia de un movimiento descuidado. En la segunda partida sucedió lo mismo.

—¡El asna de Balam! —exclamó sorprendido el párroco al volver.

Y tuvo que aclararle al sargento, poco versado en las Escrituras, que hacía ya dos mil años se había producido un milagro semejante, que una criatura muda había encontrado de pronto la lengua de la sabiduría. A pesar de la avanzada hora, el párroco no pudo contenerse de desafiar a su fámulo medio iletrado a un duelo. También a él lo ganó Mirko con facilidad. Jugaba tenaz, lenta, imperturbablemente, sin levantar ni una sola vez la ancha frente del tablero. Pero jugaba con irrefutable seguridad; ni el sargento ni el párroco fueron capaces en los siguientes días de ganarle una partida. En el párroco, en mejores condiciones que nadie para juzgar el retraso en todo lo demás de su pupilo, se despertó ahora una seria curiosidad en lo que se refería a cuán severa sería la prueba que aquel particular don podría soportar. Tras hacer que el barbero del pueblo lo dejase medianamente presentable cortándole el hirsuto cabello pajizo, llevó a Mirko en su trineo a la pequeña ciudad vecina, donde sabía que en un rincón del café de la plaza mayor se reunía un grupo de entusiastas jugadores de ajedrez, cuyo nivel, lo sabía por experiencia, él mismo no alcanzaba. No poco asombro despertó en el círculo habitual la entrada en el café del párroco con aquel muchacho de quince años, de pelo pajizo y tez rubicunda, vestido con chaquetón de cordero vuelto y unas botas de caña pesadas, que se quedó en un rincón desconcertado y mirando tímidamente al suelo hasta que alguien lo llamó a una de las mesas de ajedrez. En la primera partida, Mirko perdió porque nunca había visto en casa del buen párroco la llamada apertura siciliana. En la segunda, ya quedó en tablas contra el mejor jugador. A partir de la tercera y la cuarta, las ganó todas, una tras otra.

Ahora bien, en una pequeña ciudad de provincias eslava meridional no suelen ocurrir muchas cosas emocionantes; así que la primera aparición de este campeón campesino se convirtió de inmediato en una sensación entre los notables reunidos. Se decidió por unanimidad que el muchacho prodigio debía quedarse en la ciudad hasta el día siguiente, para que diese tiempo a convocar a los demás miembros del club y, sobre todo, a informar al anciano conde Simczic, fanático del ajedrez, en su palacio. El párroco, que miraba con orgullo recién estrenado a su acogido, pero que no deseaba desatender sus deberes dominicales pese a la alegría del descubrimiento, se declaró dispuesto a dejar allí a Mirko para otra prueba. A costa del rincón ajedrecístico alojaron en un hostal al joven Czentovic, quien vio esa noche por primera vez en su vida un inodoro. A la tarde del domingo siguiente la sala de ajedrez estaba de bote en bote. Mirko, sentado durante cuatro horas seguidas ante el tablero, venció, sin decir esta boca es mía ni levantar la vista, a un jugador tras otro; al final, se propuso una partida simultánea. Tardaron un rato en hacer comprender al inculto muchacho que debía jugar él solo a la vez contra todos los demás jugadores. Pero, en cuanto Mirko hubo comprendido la mecánica, se acomodó con rapidez a la tarea, arrastró sus pesados pasos chirriantes de mesa en mesa y ganó al final siete de las ocho partidas.

Comenzaron, entonces, las grandes deliberaciones. Aunque este nuevo campeón no pertenecía, en sentido estricto, a la ciudad, había enardecido el orgullo local. Podría ser que la pequeña localidad, cuya existencia en el mapa apenas nadie había percibido hasta aquel momento, se ganase al fin el honor de dar un hombre famoso al mundo. Un agente de nombre Koller, quien por lo demás solo suplía cupletistas y cantantes al cabaret del cuartel, se declaró dispuesto, mientras alguien lo subvencionara durante un año, a ocuparse de que el joven se formase en Viena con un célebre maestrito de ajedrez a quien él conocía. El conde Simczic, que en sesenta años de ajedrez diario nunca se había enfrentado a un contrincante tan excepcional, firmó de inmediato la suma.

Ese día comenzó la asombrosa carrera del hijo del barquero del Danubio.

Al cabo de medio año, Mirko dominaba todos los secretos de la técnica del ajedrez, si bien con una curiosa limitación, que más tarde observarían y despreciarían los círculos especializados. Pues Czentovic nunca logró jugar ni una sola partida de ajedrez de memoria o, como dicen los iniciados, a ciegas. Le faltaba por completo la capacidad para representarse el tablero en el espacio ilimitado de la imaginación. Debía tener siempre a mano el cuadrado blanquinegro con sus sesenta y cuatro escaques y sus treinta y dos piezas; incluso cuando gozaba ya de fama mundial, llevaba siempre consigo un ajedrez de bolsillo plegable para, si deseaba reconstruir una partida de competición o solucionar un problema, tener ante los ojos la distribución de las piezas. Este defecto, insignificante en sí mismo, revelaba su falta de imaginación, y se discutía en los círculos más privados con tanta pasión como entre los músicos se habría discutido que un excelente virtuoso o director de orquesta hubiese sido incapaz de tocar o dirigir sin abrir una partitura. Pero esta curiosa particularidad no demoró en absoluto la estupenda ascensión de Mirko. Con diecisiete años había ganado ya una docena de premios; con dieciocho, el campeonato húngaro; con veinte, por fin, el campeonato mundial. Los campeones más aguerridos, cada uno de ellos muy por encima de él en cuanto a dotes intelectuales, fantasía y arrojo, sucumbían a su lógica fría y pertinaz como Napoleón al torpe Kutúzov, como Aníbal a Fabio Cunctator, quien según Livio había mostrado asimismo en su niñez parecidos rasgos de indolencia e imbecilidad. Así sucedió que, en la ilustre galería de los maestros de ajedrez, que reunían entre sus filas los más diversos tipos de superioridad intelectual —filósofos, matemáticos, naturalezas calculadoras, imaginativas y a menudo creativas—, irrumpía por primera vez un completo extraño a la erudición, un muchacho campesino pesado y taciturno, de quien no conseguían jamás arrancar ni una sola palabra publicable ni los periodistas más vivos. Desde luego, lo que Czentovic escatimaba a los periódicos en agudas sentencias quedó pronto holgadamente sustituido por anécdotas sobre su persona. Pues, en el instante en el que se colocaba frente a un tablero de ajedrez, en el que era un maestro sin par, se convertía sin remedio en una figura grotesca y casi cómica; a pesar de su protocolario traje negro, sus pomposas corbatas con el alfiler de perlas algo llamativo y sus dedos de cuidadas uñas, seguía siendo en su comportamiento y sus maneras el mismo muchacho campesino de pocas luces que había limpiado la cocina del párroco en el pueblo. Desmañado y francamente grosero, buscaba sacar, para gozo y enojo de sus colegas, de su don y su fama, con una codicia mezquina y aun a menudo ordinaria, todo el dinero que pudiera.

Viajaba de ciudad en ciudad alojándose siempre en los hoteles más baratos, jugaba en las asociaciones más miserables siempre y cuando aprobaran sus honorarios, se dejaba retratar para anuncios de jabón e incluso vendió, sin prestar atención al sarcasmo de sus competidores, que sabían muy bien que no era capaz de escribir ni tres frases, su nombre para una *Filosofía del ajedrez,* que había escrito en realidad un estudiantillo de Galitzia por encargo del astuto editor. Como todas las naturalezas obstinadas, carecía de todo sentido del ridículo; desde su victoria en el campeonato mundial se tenía por el hombre más importante del mundo, y la consciencia de haber vencido a todos aquellos inteligentes, intelectuales, brillantes oradores y escritores en su propio campo, y sobre todo el hecho manifiesto de que ganaba más dinero que ellos, convirtió su inseguridad original en un ostentoso orgullo frío y más bien grosero.

—Pero ¿cómo no iba a embriagar una cabeza tan vacía una fama tan repentina? —concluyó mi amigo, que acababa de revelarme algunas pruebas clásicas de la prepotencia infantil de Czentovic—. ¿Cómo no iba a tener un joven campesino del Banato a sus veintiún años un arrebato de vanidad si de repente gana en una semana, moviendo unas figuritas sobre un tablero de madera, más que todo su pueblo talando árboles y matándose a trabajar un año entero? Y, además, ¿no es condenadamente fácil tenerse por un gran hombre cuando a uno no lo carga la más mínima noción de que hayan existido alguna vez un Rembrandt, un Beethoven, un Dante o un Napoleón? Lo único que sabe el limitado cerebro de ese muchacho es que hace meses que no pierde ni una sola partida y, puesto que ni siquiera sospecha que, aparte del ajedrez y del dinero, haya otra cosa de valor en este mundo, tiene todas las razones para estar entusiasmado consigo mismo.

Esto que me contaba mi amigo no dejó de despertar mi extraordinaria curiosidad. Toda la vida me ha atraído cualquier tipo de monomaníaco encerrado en una sola idea, pues cuanto más se limita uno, más cerca está por otro lado de la infinitud; justo quienes parecen más ajenos al mundo construyen como hormigas, en sus materias particulares, una curiosa abreviatura del mundo totalmente única. Así que me propuse observar de cerca y sin ningún reparo a este singular espécimen de ideas fijas durante el viaje de doce días hasta Río.

—No va a tener usted mucha suerte —me advirtió, sin embargo, mi amigo—. Por todo lo que sé, aún nadie ha conseguido recoger el más mínimo material psicológico de Czentovic. Tras su abismal estrechez de mente, este pícaro campesino esconde la gran inteligencia de no mostrar sus flacos, y lo hace gracias a la sencilla técnica de evitar toda conversación fuera de su ambiente, que busca entre sus coterráneos en pequeñas fondas. En cuanto percibe a una persona instruida, se retira a su caparazón; de modo que nadie puede vanagloriarse de haberle oído una palabra estúpida o de haber tomado la medida de la presunta ilimitada profundidad de su incultura.

Mi amigo iba a tener razón. Durante los primeros días del viaje se hizo evidente que sería por completo imposible llegar a Czentovic sin una grosera impertinencia que, al fin y al cabo, no es lo mío. A veces paseaba por la cubierta, las manos siempre cruzadas a la espalda, con ese porte orgulloso y ensimismado que conocemos de Napoleón por los cuadros famosos; por lo demás, hacía siempre con tanta prisa y esporádicamente su ronda peripatética de la cubierta que yo habría tenido que perseguirlo al trote para hablar con él. En los salones, por el contrario, en el bar, en el fumador, nunca aparecía; como me informó el camarero en confidencia, pasaba la mayor parte del día en su camarote, practicando partidas de ajedrez o recordándolas en un gran tablero.

Al cabo de tres días comenzó a enojarme de verdad que su obstinada defensa fuese más diestra que mi voluntad de acercarme a él. Nunca en mi vida había tenido ocasión de conocer en persona a un maestro de ajedrez y, cuanto más me esforzaba ahora en representarme a un tipo así, más inconcebible me parecía una actividad cerebral que se desarrollaba toda una vida únicamente en torno a un espacio de sesenta y cuatro cuadrados blancos y negros. Conocía por experiencia propia la misteriosa atracción del «juego del rey», el único de todos los juegos que permite a una persona imaginar que evita con superioridad toda tiranía del azar y que sus laureles son fruto exclusivo de su ingenio, o más bien de una determinada forma de talento intelectual. Pero ¿no se hace uno culpable ya de una insultante limitación llamando juego al ajedrez? ¿No es también una ciencia, un arte?, suspendido entre estas categorías como el ataúd de Mohamed entre el cielo y la tierra, un compromiso único de todos los contrarios: antiquísimo y, sin embargo, eternamente nuevo, mecánico en la disposición y, sin embargo, solo eficaz gracias a la fantasía, limitado en un espacio geométricamente rígido y, sin embargo, ilimitado en sus combinaciones, siempre en desarrollo y, sin embargo, estéril, un pensamiento que no lleva a nada, unas matemáticas que no calculan, un arte sin obras, una arquitectura sin substancia y, con todo, notoriamente más duradero en su ser y su presencia que todos los libros y obras, el único juego que pertenece a todos los pueblos y todas las épocas y del que nadie sabe qué dios trajo a la Tierra para matar el tiempo, afinar los sentidos, ampliar el espíritu. ¿Dónde empieza y dónde termina? Cualquier niño puede aprender las reglas básicas, cualquier ignorante puede probarse en él y, sin embargo, en ese limitado cuadrado inmutable surge una especie particular de artista, incomparable con todos los demás, personas con un talento útil únicamente para el ajedrez, un genio específico, en el que la visión, la paciencia y la técnica funcionan en una proporción igualmente determinada que en los matemáticos, los poetas, los músicos, y solo relacionadas y estratificadas de distinta forma. En una época pasada de afición fisonómica, quizás un galeno habría diseccionado el cerebro de un maestro de ajedrez para comprobar si en tal genio se encontraba una curva determinada en la masa gris del cerebro, una especie de músculo o protuberancia del ajedrez más marcada que en otros cráneos. Y cómo habría interesado a semejante fisónomo el caso de un Czentovic, donde este genio específico aparece diseminado en una desidia intelectual absoluta como un solo hilo de oro en un quintal de piedras hueras. En principio me parecía comprensible el hecho de que un juego tan único, tan genial, crease tales diestros específicos, pero qué difícil, qué imposible, no obstante, imaginar la vida de una persona de mente ágil que se reduce en el mundo únicamente al estrecho camino entre el blanco y el negro, que busca su triunfo en el simple avanzar y retroceder, adelante y atrás, de treinta y dos piezas, una persona para la que preferir, en una nueva apertura, el caballo al peón supone una proeza y su pobre rinconcito de inmortalidad en la página de un libro de ajedrez; una persona, una persona pensante, que, sin volverse loca, puede dedicar durante diez, veinte, treinta, cuarenta años toda la amplitud de su pensamiento una y otra vez a la tarea ridícula de arrinconar a un rey de madera en un tablero de madera.

Y entonces, por primera vez, tenía un fenómeno así, un genio extraordinario o loco enigmático del estilo, muy cerca, a solo seis camarotes de distancia en el mismo barco, y desgraciado de mí, para quien la curiosidad sobre las cosas de la mente deriva siempre en una especie de obsesión, no conseguía acercarme a él. Empecé a concebir artimañas de lo más peregrinas: lisonjear su vanidad fingiendo querer una entrevista para un periódico importante, o tentar su codicia proponiéndole un lucrativo torneo en Escocia. Pero al final recordé que la técnica más eficaz de los cazadores para atraer a los urogallos consiste en imitar su reclamo: ¿qué podía ser, en realidad, más eficaz para llamar la atención de un campeón de ajedrez que jugar uno mismo al ajedrez?

Ahora bien, yo no he sido en la vida un ajedrecista consumado, por la sencilla razón de que siempre me he dedicado al ajedrez con temeridad y por puro placer: cuando me siento una hora ante el tablero, no lo hago en ningún caso para fatigarme, sino, al contrario, para liberarme de la tensión intelectual. «Juego» al ajedrez en sentido estricto, mientras que otros, los verdaderos jugadores de ajedrez, «solemnan» al ajedrez, si se me permite el atrevido neologismo. Para el ajedrez solo es indispensable, como para el amor, una pareja, y yo no sabía en ese momento aún si, aparte de nosotros, había a bordo algún otro aficionado a este juego. Para atraerlos fuera de su guarida, tendí una sencilla trampa en el salón de fumar: me senté frente a un tablero con mi esposa como reclamo, aunque ella jugaba aún peor que yo. Y, en efecto, no habíamos hecho ni seis movimientos cuando ya alguien que pasaba se paró, una segunda persona pidió permiso para mirar; y por fin apareció la pareja deseada, que me invitó a una partida. Se llamaba McConnor y era un ingeniero civil escocés que, por lo que supe, había hecho una gran fortuna con los pozos de petróleo en California, a primera vista un hombre robusto con una mandíbula fuerte y firme, casi cuadrada, una dentadura potente y un tono de piel saturado, cuya pronunciada rojez se debía seguramente, al menos en parte, a su generoso disfrute del whisky. Los hombros chocantemente anchos, casi atléticos en su vehemencia, lo hacían, por desgracia, también de carácter llamativo en el juego, pues este mister McConnor pertenecía a la clase de hombres de éxito seguros de sí mismos que incluso en el juego más insignificante se toman una derrota como ofensa a su estima. Acostumbrado a ganar en la vida sin miramientos y mimado por el éxito práctico, este tosco hombre hecho a sí mismo estaba tan firmemente convencido de su superioridad que tomaba toda oposición como rebelión impertinente y casi injuria. Cuando perdió la primera partida, se enfadó y comenzó a explicar prolija y dictatorialmente que solo podía deberse a una distracción momentánea; para la tercera, hizo responsable de su error al ruido que procedía del salón contiguo: no estaba dispuesto a perder ninguna partida sin exigir de inmediato la revancha. Al principio, me divertía su obstinación encarnizada; al final, la acabé aceptando como un mal inevitable de mi intención auténtica: atraer a nuestra mesa al campeón mundial.

Esto sucedió el tercer día y sucedió, no obstante, a medias. Es decir: Czentovic debió de observarnos jugar desde el paseo de cubierta a través del ojo de buey u honrar solo por casualidad el fumador con su presencia; en cualquier caso, en cuanto nos vio practicar, a nosotros, incompetentes, su arte, se acercó de manera automática un paso y echó desde esa distancia comedida un vistazo entendido a nuestro tablero. Le tocaba mover a McConnor. Y ya ese solo movimiento pareció bastar a Czentovic para saber lo poco digno que era de su interés de maestro seguir contemplando nuestros esfuerzos de aficionados. Con el mismo gesto natural con que se deja a un lado en una librería una mala novela de detectives sin siquiera hojearla, se alejó él de nuestra mesa y abandonó el salón de fumar. «Evaluados y encontrados insuficientes», pensé un poco enojado por esa mirada fría, despreciativa, y para desahogar de alguna manera mi mal humor, le dije a McConnor:

—Parece que su movimiento no ha entusiasmado al maestro.

—¿Qué maestro?

Le expliqué que el caballero que acababa de irse tras dedicar una mirada desaprobatoria a nuestro juego era el campeón de ajedrez Czentovic. Así que, añadí, tendríamos que soportar y resignarnos sin amargura a su ilustre desdén; en casa del pobre, taza de plata y olla de cobre. Pero, para mi sorpresa, mi desenfadado comentario produjo en McConnor un efecto del todo inesperado. Se enardeció, olvidó nuestra partida y su ambición comenzó a palpitar audiblemente. No tenía ni idea de que Czentovic iba a bordo, y Czentovic no podía por menos que jugar con él. Nunca en la vida había jugado contra un campeón mundial, salvo aquella vez en una partida simultánea con otros cuarenta: ya aquello había sido de lo más emocionante, y él casi había ganado. ¿Conocía yo en persona al maestro? Dije que no. ¿No querría yo ir a hablar con él y pedirle que nos acompañase? Rehusé con la excusa de que, por lo que yo sabía, Czentovic no estaba muy abierto a hacer nuevos amigos. Además, ¿qué estímulo podría ser para un campeón mundial tratar con jugadores de tercera como nosotros?

Eso de los jugadores de tercera no tendría que habérselo dicho a un hombre ambicioso como McConnor. Se recostó enfadado y me explicó áspero que, por lo que a él se refería, no podía creer que Czentovic fuese a rechazar la cortés invitación de un caballero, ya se encargaría él de eso. Respondiendo a su petición le di una corta descripción del maestro y, al instante, abandonando con indiferencia el tablero, corrió con impaciencia indómita tras Czentovic al paseo de cubierta. Una vez más me di cuenta de que era imposible retener al poseedor de aquellos anchos hombros cuando se le metía algo entre ceja y ceja.

Esperé bastante tenso. McConnor volvió al cabo de diez minutos, me pareció que no de muy buen humor.

—¿Y bien? —pregunté.

—Tenía usted razón —me contestó algo airado—. No es un caballero demasiado amable. Me he presentado, le he explicado quién soy. Ni siquiera me ha dado la mano. He procurado exponerle lo orgullosos y honrados que estaríamos todos a bordo si accediese a jugar una partida simultánea contra nosotros. Pero, estirado como una vara, me ha dicho que lo sentía mucho, pero que tenía deberes contractuales con su agente, que le prohibían terminantemente jugar durante su gira sin recibir honorarios. Su mínimo es de doscientos cincuenta dólares por partida.

Me reí.

—Nunca se me habría ocurrido, la verdad, que mover unas figuritas entre el negro y el blanco pudiese ser un negocio tan lucrativo. En fin, espero que se haya despedido usted con la misma educación.

Pero McConnor siguió muy serio.

—Hemos acordado la partida para mañana por la tarde, a las tres. Aquí, en el fumador. Espero que no nos dejemos moler con demasiada facilidad.

—¿Cómo? ¡¿Le ha dado usted los doscientos cincuenta dólares?! —exclamé atónito.

—¿Por qué no? *C'est son métier.* Si tuviese dolor de muelas y hubiese por casualidad un dentista a bordo, no le pediría, desde luego, que me sacase la muela gratis. El hombre tiene todo el derecho del mundo a venderse caro; en todos los ámbitos, los verdaderos expertos son también los mejores en los negocios. Y, en lo que a mí se refiere, cuanto más claro un negocio, mucho mejor. Prefiero pagar en efectivo que dejarme hacer un favor por el tal señor Czentovic y tener que darle al final, encima, las gracias. Al fin y al cabo, en el club también he perdido alguna noche más de doscientos cincuenta dólares, y no jugaba contra ningún campeón del mundo. Para los jugadores «de tercera» no es ninguna vergüenza que los despache un Czentovic.

Me hizo gracia darme cuenta de lo mucho que había ofendido el amor propio de McConnor la inocente expresión «jugadores de tercera». Pero, dado que él estaba dispuesto a pagar el caro divertimento, no tenía yo nada que objetar a su desmedida ambición, que me permitiría conocer por fin al objeto de mi curiosidad. Informamos de inmediato sobre el inminente acontecimiento a los cuatro o cinco caballeros que se habían declarado hasta aquel momento jugadores de ajedrez y, para que los transeúntes nos molestasen lo mínimo posible, reservamos para el encuentro no solo nuestra mesa, sino también las mesas vecinas.

Al día siguiente nuestro grupito se presentó al completo a la hora acordada. Por supuesto, se adjudicó el lugar central, frente al maestro, a McConnor, que intentaba aliviar los nervios encendiendo un fuerte puro tras otro, y miraba una y otra vez intranquilo el reloj. Pero el campeón mundial —por lo que me había contado mi amigo, no me extrañó— se hizo esperar sus buenos diez minutos, pese a lo cual su aparición se recibió con gran aplomo. Se acercó a la mesa tranquilo e impasible. Sin presentarse —«Ustedes saben quién soy y a mí no me interesa quiénes son ustedes», parecía significar su falta de cortesía—, comenzó con sequedad competente las disposiciones prácticas. Puesto que una partida simultánea a bordo, dada la falta de tableros, era imposible, propuso que todos jugásemos juntos contra él. Después de cada movimiento, y para no molestar nuestras deliberaciones, se retiraría a otra mesa en el extremo del salón. Tan pronto como hubiésemos hecho nuestro contrajuego, puesto que por desgracia no disponíamos de un timbre, golpearíamos un vaso con una cucharilla. Como tiempo máximo por movimiento sugirió diez minutos, siempre y cuando no deseáramos ninguna otra disposición. Accedimos, desde luego, como escolares apocados, a todas sus sugerencias. La elección de color dio a Czentovic las negras; aún de pie hizo el primer contramovimiento y se dirigió de inmediato al lugar de espera que había sugerido, donde se apoyó con aire fanfarrón en la pared, a hojear una revista ilustrada.

Tiene poco sentido dar cuenta aquí de la partida. Terminó, por supuesto, como debía terminar, con nuestra absoluta derrota, ya en el vigesimocuarto movimiento. Que un campeón del mundo barriese sin esfuerzo a media docena de jugadores medianos o aun peores no fue en sí mismo una sorpresa; lo penoso para todos fue, en realidad, solo la prepotencia con la que Czentovic nos hizo sentir con toda claridad que lo hacía sin esfuerzo. Cada vez lanzaba solo un vistazo obviamente fugaz al tablero, paseaba por nosotros la mirada abúlica como si fuésemos también figuritas de madera sin vida, y este gesto impertinente recordaba sin remedio al del que aparta la mirada de un perro sarnoso al que lanza un mendrugo. En mi opinión, podía haber tenido la delicadeza de indicarnos nuestros fallos o de estimularnos con alguna palabra amable. Pero ni tras terminar el juego pronunció aquel autómata del ajedrez inhumano ni una sílaba, sino que esperó, después de decir «mate», inmóvil ante la mesa, a ver si queríamos una segunda partida. Ya me había levantado para, desvalido como queda siempre uno ante una clara descortesía, indicar con un gesto que el placer de nuestra relación había llegado a su fin, por lo menos en lo que a mí se refería, con aquel intercambio económico, cuando para mi enojo, a mi lado, McConnor dijo con la voz ronca:

—¡La revancha!

Me encogí de verdad ante el tono arrogante; de hecho, McConnor daba en ese momento más la impresión de un boxeador dispuesto a pelear que la de un caballero educado. Hubiese sido el trato desagradable que Czentovic nos había dispensado, o solo su ambición patológicamente excitable; en cualquier caso, el carácter de McConnor había cambiado por completo. Colorado hasta la raíz del pelo, las aletas de la nariz muy abiertas debido a la presión interior, transpiraba visiblemente y, desde los labios apretados, se cortaba nítida una arruga hasta la barbilla adelantada en actitud combativa. Reconocí intranquilo en sus ojos esa chispa de pasión desatada que, por lo demás, solo posee a la gente que juega a la ruleta cuando por sexta o séptima vez apostando el doble no sale el color que desea. En ese momento supe que, aunque le costase una fortuna, aquel fanático ambicioso jugaría y jugaría y jugaría tanto tiempo contra Czentovic, sencillo o doble, como fuese necesario hasta ganarle al menos una partida. Si Czentovic aguantaba, había encontrado en McConnor una mina de oro de la que podía sacar un par de millares de dólares antes de llegar a Buenos Aires.

Czentovic no se inmutó.

—Desde luego —contestó educadamente—. Los señores juegan ahora con las negras.

Tampoco la segunda partida ofreció una imagen distinta, salvo porque cierta curiosidad había hecho nuestro círculo no solo más grande, sino también más animado. McConnor contemplaba con tanta fijación el tablero que parecía querer, a fuerza de voluntad, magnetizar las figuras para que ganasen; comprendí que habría sacrificado entusiasmado hasta mil dólares a cambio del deseado grito de «¡Mate!» contra el impasible contrincante. De una forma caprichosa, parte de su enconamiento se nos contagiaba sin darnos cuenta. Discutíamos cada uno de los movimientos con pasión más desproporcionada que el anterior, siempre había quien sujetaba aún en el último momento al otro hasta que nos poníamos de acuerdo en dar la señal para que Czentovic volviese a nuestra mesa. Poco a poco habíamos llegado al decimoséptimo movimiento y, para nuestra sorpresa, habíamos logrado una combinación que parecía asombrosamente ventajosa, pues habíamos conseguido llevar el peón de la columna c hasta el penúltimo escaque, c2; solo necesitábamos adelantarlo hasta c1 para ganar una nueva dama. Lo cierto es que esta oportunidad tan obvia no nos resultaba del todo agradable; teníamos la sospecha unánime de que la ventaja conseguida nos la había brindado como anzuelo con toda intención Czentovic, quien veía toda la situación con mucha más perspicacia. Pero, a pesar del esfuerzo conjunto buscando y discutiendo, no fuimos capaces de dar con la treta oculta. Por fin, ya cerca del límite del plazo de reflexión designado, decidimos osar el movimiento. Ya tocaba McConnor el peón para empujarlo hasta el último escaque cuando sintió que le sujetaban el brazo y alguien le susurraba en voz baja y vehemente:

—¡No, por Dios!

Nos volvimos todos como un solo hombre. Un caballero de unos cuarenta y cinco años, cuyo rostro delgado y afilado me había llamado ya la atención antes, en el paseo de cubierta, por su curiosa palidez, casi de yeso, debía de haberse acercado a nosotros en los últimos minutos, en los que toda nuestra atención estaba dedicada al problema. Con premura añadió, al notar nuestra mirada:

—Si lo convierten ahora en dama, él golpeará de inmediato con el alfil en c1, que ustedes capturarán con el caballo. Pero, entretanto, él avanzará su peón libre a d7, amenazará su torre y, aunque ustedes den jaque con el caballo, perderán y estarán liquidados en nueve o diez movimientos. Es casi la misma combinación que inició Alekhine contra Bogoliúbov en 1922, en el gran torneo de Piestany.

McConnor alejó asombrado la mano de la pieza y miró no menos maravillado que todos nosotros al hombre que, como un ángel inesperado, había caído del cielo para ayudarnos. Alguien que podía prever un mate en nueve movimientos debía de ser un experto de primera, quizás incluso un contrincante de campeonato que viajaba hacia el mismo torneo, y su repentina llegada e intervención justo en un momento tan crítico tenía algo de casi sobrenatural. El primero en reaccionar fue McConnor:

—¿Qué aconsejaría usted? —susurró agitado.

—¡No avanzar enseguida, sino defenderse primero! Ante todo, retirar el rey de la columna amenazada, de g8 a h7. Él atacará, entonces, seguramente, por el otro flanco. Pero eso lo pueden atajar con torre c8 a c4; le costará dos turnos, un peón y, con ello, la ventaja. Luego quedará peón libre contra peón libre y, si ustedes se defienden bien, aún pueden llegar a tablas. Más no se puede hacer.

Nos quedamos otra vez boquiabiertos. La precisión no menor que la rapidez de su cálculo era algo desconcertante; como si estuviese leyendo los movimientos de la página de un libro. Con todo, la oportunidad insospechada de, gracias a su intervención, acabar en tablas nuestra partida contra un campeón mundial, funcionó como un hechizo.

Nos retiramos a un lado, todos a una, para dejarle una mejor vista del tablero. McConnor volvió a preguntar:

—Entonces, ¿rey de g8 a h7?

—Exacto. Ante todo, defenderse.

McConnor obedeció y dimos los golpecitos en el vaso. Czentovic se acercó a nuestra mesa con su acostumbrado paso indolente y evaluó de una sola mirada la situación. Luego movió por el flanco de rey el peón h2 a h4, justo como nuestro ayudante desconocido había predicho. Y enseguida este susurró agitado:

—Avancen la torre, avancen la torre, de c8 a c4, lo obligarán a cubrir el peón. Pero eso no lo ayudará. Ataquen sin preocuparse de su peón libre, con caballo d3 a e5, y recuperarán el equilibrio. Toda la presión hacia delante, en vez de defender.

No entendíamos lo que decía. Era como chino para nosotros. Pero, una vez más como hechizado, McConnor hizo sin cuestionárselo lo que le había pedido. Volvimos a golpear el vaso para avisar a Czentovic. Por primera vez no decidió rápidamente, sino que miró interesado el tablero. Luego hizo justo el movimiento que el desconocido nos había anunciado, y se volvió para irse. Sin embargo, antes de que se hubiese alejado, sucedió algo insólito e inesperado. Czentovic alzó la mirada y observó nuestras filas; era evidente que quería averiguar quién le ofrecía de pronto una oposición tan enérgica.

Desde ese momento, nuestro entusiasmo fue desenfrenado. Aunque hasta entonces habíamos jugado sin verdadera esperanza, ahora el pensamiento de que podríamos quebrar la fría arrogancia de Czentovic nos aceleraba el pulso. Pero nuestro nuevo amigo ya había ordenado el siguiente movimiento, y podíamos llamar —los dedos me temblaban mientras daba con la cucharilla en el vaso— de vuelta a Czentovic. Y así llegó nuestro primer triunfo. Czentovic, que hasta entonces había jugado siempre de pie, titubeó, titubeó y acabó por sentarse. Se sentó lenta y pesadamente; y eso eliminó ya solo en lo corporal la mirada por encima del hombro que nos había reservado hasta ese momento. Lo habíamos forzado a ponerse, al menos físicamente, a nuestro nivel. Reflexionó largo rato, los ojos inmóviles sobre el tablero, de forma que no le veíamos ya casi las pupilas bajo los negros párpados, y en la intensa meditación se le fueron separando los labios, lo que dio a su rostro redondo una expresión algo ingenua. Czentovic reflexionó varios minutos, luego hizo su movimiento y se levantó. Y ya susurraba nuestro amigo:

—¡Un movimiento de espera! ¡Bien pensado! Pero no se presten. Fuercen un intercambio, sin dudarlo; llegaremos a tablas, y no habrá dios que pueda ayudarlo.

McConnor obedeció. En los siguientes movimientos comenzó entre ellos dos —los demás nos habíamos convertido hacía mucho en meras comparsas— un ir y venir incomprensible para nosotros. Al cabo de unos siete movimientos, Czentovic levantó los ojos después de reflexionar un largo rato y dijo:

—Tablas.

Por un momento reinó un absoluto silencio. De pronto se oyeron el rumor de las olas y el *jazz* de la radio del salón, llegó hasta nosotros cada paso del paseo de cubierta y el silbido sutil del viento que entraba por las juntas del ojo de buey. Nadie respiraba, había sucedido demasiado de repente y estábamos todos aún francamente intimidados por lo improbable de que aquel desconocido hubiese impuesto su voluntad al campeón mundial en una partida ya medio perdida. McConnor se reclinó de golpe, el aliento contenido se le escapó de los labios con un audible «¡Ah!». Yo, por mi parte, observé a Czentovic. Ya en el último movimiento me había parecido que se había puesto más pálido. Pero sabía cómo mantener la compostura. Siguió en su rigidez aparentemente impasible y solo preguntó de manera indolente, mientras deslizaba las piezas por el tablero con mano tranquila:

—¿Les gustaría a los señores jugar una tercera partida?

El tono de la pregunta era puramente imparcial, puramente comercial. Pero lo curioso fue: al hacerla no había mirado a McConnor, sino de frente y con intención a los ojos de nuestro salvador. Como un caballo bien dirigido a un jinete nuevo y mejor, debía de haber reconocido en los últimos movimientos a su verdadero, su auténtico contrincante. Seguimos su mirada sin pensarlo y contemplamos ansiosos al desconocido. No obstante, antes de que este accediese o pudiese contestar, en su ambiciosa excitación, McConnor ya había aclamado triunfal:

—¡Por supuesto! Pero ahora jugará solo contra él. ¡Usted solo contra Czentovic!

Sin embargo, no esperábamos lo que sucedió. El extraño, que aún observaba con curiosidad interesada el tablero ya en orden, se encogió al notar todas las miradas sobre él y sentir que se le señalaba con tanto entusiasmo. Le cambió el gesto.

—De ninguna manera, señores —balbuceó, visiblemente afectado—. Eso queda del todo descartado... No soy la persona indicada... Hace veinte, no, veinticinco años que no me siento ante un tablero de ajedrez... Y ahora me doy cuenta de lo inconveniente de mi comportamiento, al haberme inmiscuido sin su permiso en su juego... Perdonen, por favor, la impertinencia... Desde luego, no quiero molestarlos más.

Y, antes de que nos hubiésemos recuperado de nuestra sorpresa, ya había retrocedido y abandonado la estancia.

—Pero ¡eso es de todo punto imposible! —amenazó enérgico McConnor, dando un puñetazo en la mesa—. Queda descartado por completo que ese hombre lleve veinticinco años sin jugar al ajedrez. No en vano ha calculado cada movimiento, ha destripado cada contrajugada con cinco, seis movimientos de ventaja. Algo así no se puede hacer si no se es muy experto. Está del todo descartado... ¿No es cierto?

Con la última pregunta, McConnor se había dirigido maquinalmente a Czentovic. Pero el campeón mundial siguió frío e imperturbable.

—Prefiero no emitir ningún juicio al respecto. En cualquier caso, el señor ha jugado de manera algo insólita e interesante; por eso también le he dejado, con intención, una oportunidad. —Poniéndose en pie al mismo tiempo con negligencia, añadió a su manera lacónica—: Si el caballero o los caballeros desean una nueva partida mañana, estaré disponible a partir de las tres.

No pudimos reprimir una leve sonrisa. Todos sabíamos que Czentovic no había dejado en absoluto una magnánima oportunidad a nuestro desconocido y que esta afirmación no era sino una ingenua excusa par enmascarar su fracaso. Con ello aumentó nuestro anhelo de ver humillada aquella inquebrantable arrogancia. De pronto nos había sobrevenido, tranquilos y despreocupados pasajeros a bordo como éramos, un ardor combativo salvaje y ambicioso, pues el pensamiento de que justo en nuestro barco, en medio del océano, pudiesen arrebatarle los laureles al campeón de ajedrez —un récord que entonces los telégrafos retransmitirían a todo el mundo— nos fascinó sobremanera. A eso se añadía el estímulo de la misteriosa, de la inesperada intervención de nuestro salvador justo en el momento crítico, y del contraste entre su casi asustada discreción y el imperturbable amor propio del profesional. ¿Quién era el desconocido? ¿Nos había proporcionado la casualidad un genio del ajedrez aún por descubrir? ¿O nos ocultaba por una impenetrable razón su nombre un célebre maestro? Discutimos, agitados, todas estas posibilidades; ni las hipótesis más audaces nos parecían descartables para concordar la enigmática timidez y la sorprendente aparición del extraño con su evidente maestría en el juego. En cierto respecto, sin embargo, todos nos pusimos de acuerdo: de ninguna manera renunciaríamos al espectáculo de una nueva batalla. Decidimos intentarlo todo para que nuestro ayudante jugase al día siguiente una partida contra Czentovic, cuyo riesgo material se comprometió McConnor a cubrir. Como, entretanto, preguntando al camarero, habíamos averiguado que el desconocido era austriaco, me correspondió a mí como compatriota el encargo de presentarle nuestra petición.

No me llevó mucho tiempo encontrar en el paseo de cubierta a quien tan aprisa había huido. Estaba recostado en una silla de tijera leyendo. Antes de acercarme a él, aproveché la oportunidad para observarlo. La enérgica cabeza descansaba en la postura de una ligera lasitud sobre el cojín; de nuevo me llamó la atención, en particular, la curiosa palidez del proporcionado rostro joven, que enmarcaba en las sienes el deslumbrante pelo blanco; tuve, no sé por qué, la impresión de que aquel hombre debía de haber envejecido de pronto. Apenas me acerqué a él, se levantó cortés y se presentó con un nombre que de inmediato me sonó al de una antigua y distinguida familia austriaca. Recordé que alguien con aquel apellido había pertenecido al círculo más íntimo de Schubert y que también uno de los médicos de cámara del viejo emperador descendía de aquella familia. Cuando le comuniqué al doctor B. nuestra petición de aceptar el desafío de Czentovic, se mostró visiblemente perplejo. Confirmó no tener la menor idea de haber salido airoso en aquella partida contra un campeón mundial, y mucho menos el más famoso y exitoso del momento. Por alguna razón esto pareció causarle una impresión particular, puesto que preguntó una y otra vez si yo estaba seguro de que su contrincante era de verdad un reconocido maestro de ajedrez. Me di cuenta enseguida de que esta condición facilitaba mi encargo y consideré aconsejable, notando su sensibilidad, callar que el riesgo material de una eventual derrota correría a cargo de McConnor. Tras mucho vacilar, el doctor B. se declaró por fin dispuesto a jugar una partida, aunque no sin haber pedido explícitamente que los demás señores fuesen advertidos de nuevo de que, en ningún caso, debían depositar esperanzas exageradas en sus capacidades.

—Porque —añadió con una sonrisa absorta— no sé si, en realidad, soy capaz de jugar una partida según todas las reglas. Créame, por favor, si le digo que no se trataba en absoluto de falsa modestia cuando afirmé que no había tocado una pieza de ajedrez desde el bachillerato, es decir: desde hace más de veinte años. E incluso en aquella época no era más que un jugador sin especial talento.

Lo dijo con tanta naturalidad que no me cupo la menor duda de que estaba siendo sincero. Sin embargo, no pude por menos de expresarle mi admiración por la precisión con la que se acordaba de cada combinación de los diferentes maestros; visto lo visto, debía de haber dedicado mucho tiempo al ajedrez, al menos en la teoría. El doctor B. sonrió una vez más de aquella curiosa forma soñadora.

—¡Dedicar mucho tiempo! Sabe Dios que se puede decir que he dedicado mucho tiempo al ajedrez. Pero eso sucedió en condiciones muy especiales; más que eso, del todo únicas. Fue una historia bastante complicada y, en todo caso, podría considerarse una aportación mínima al gran idilio de nuestro tiempo. Si tiene usted media hora de paciencia...

Había señalado la silla junto a él. Con gusto, acepté su invitación. No teníamos a nadie cerca. El doctor B. se quitó las gafas de leer, las dejó a un lado y comenzó:

—Ha sido muy amable al decir que, como vienés, recordaba el apellido de mi familia. Pero supongo que no sabrá nada del despacho de abogados que dirigía yo junto a mi padre y, más tarde, solo, puesto que no llevábamos causas que se comentaran en los periódicos y evitábamos por principio los nuevos clientes. Lo cierto es que, en realidad, no teníamos ya un auténtico bufete, sino que nos limitábamos exclusivamente a la asesoría jurídica y, sobre todo, a la administración de patrimonio de los grandes monasterios, de los que mi padre, como antiguo diputado del partido clerical, era hombre de confianza. Además, se nos había encargado (hoy, puesto que la monarquía pertenece a la historia, ya se puede hablar de ello) la administración de los fondos de algunos miembros de la familia imperial. Estos vínculos con la corte y el clero (mi tío era médico de cámara del emperador; otro de mis tíos, abad en Seitenstetten) se remontaban a dos generaciones; solo teníamos que mantenerlas y era una actividad tranquila, diría incluso sigilosa, la que se nos había asignado con esa confianza heredada, una que no requería mucho más que una estricta discreción y fiabilidad, dos cualidades que mi padre, ya fallecido, poseía en la mayor medida; fue él quien, de hecho, consiguió, tanto en los años de inflación como en los de revolución, gracias a su prudencia, conservar el considerable patrimonio de sus clientes. Cuando, luego, Hitler llegó al poder en Alemania y comenzó sus incursiones contra las posesiones de las iglesias y los monasterios, pasaron por nuestras manos, también más allá de la frontera, diversos tratos y transacciones para, al menos, salvar las posesiones móviles del embargo, y de ciertas negociaciones secretas de la curia y la casa imperial sabíamos los dos más de lo que averiguará nunca el público. Pero precisamente la falta de notoriedad de nuestro bufete (ni siquiera teníamos una placa en la puerta), así como el cuidado que los dos poníamos en evitar de manera ostensible todos los círculos monárquicos, nos ofrecían protección segura de investigaciones indeseadas. *De facto,* en todos esos años ninguna autoridad austriaca sospechó en ningún momento que el correo secreto de la casa imperial recogía o depositaba las misivas más importantes siempre en nuestro modesto despacho del cuarto piso.

»Para entonces, los nacionalsocialistas, mucho antes de rearmar sus ejércitos contra el mundo, habían comenzado a organizar en todos los países vecinos otro ejército igualmente peligroso y adiestrado, la legión de los desfavorecidos, de los arrinconados, de los humillados. En cada oficina, en cada fábrica, se establecieron las llamadas "células"; por todas partes, hasta en las habitaciones privadas de Dollfuß y Schuschnigg, colocaron sus escuchas y espías. Incluso en nuestro discreto bufete tenían, como por desgracia descubrí demasiado tarde, un hombre. No era, claro está, nada más que un empleado lastimoso y sin talento, al que yo había dado trabajo solo por recomendación de un párroco para dar al exterior la imagen de un despacho normal; en realidad, no lo utilizábamos más que para recados inocentes, se ocupaba del teléfono y ordenaba las actas, es decir: las actas que carecían de importancia y eran totalmente inofensivas. No se le permitía abrir el correo en ningún caso; todas las cartas importantes las mecanografiaba yo mismo, sin hacer copia; todos los documentos esenciales me los llevaba yo a casa, y celebraba las reuniones confidenciales solo en el priorato del monasterio o en la consulta de mi tío. Gracias a estas medidas de seguridad, el espía no veía nada de los procedimientos importantes; pero, por una casualidad desafortunada, el fatuo y ambicioso joven debió de darse cuenta de que se desconfiaba de él y de que todo lo interesante sucedía a sus espaldas. Quizás alguna vez uno de los correos habló, en mi ausencia, imprudentemente de "Su Majestad" en vez de, como estaba acordado, del "barón Fern", o el canalla debió de abrir ilícitamente cartas... En cualquier caso, recibió de Múnich o de Berlín, antes de que llegase yo a sospechar de él, el encargo de vigilarnos. Solo mucho más tarde, cuando yo llevaba en prisión ya tiempo, me acordé de que su desidia inicial en el servicio se había convertido de pronto, en los últimos meses, en gran afán, y de que se había ofrecido varias veces, casi hasta el punto de ser impertinente, a llevar mi correspondencia a la oficina de correos. No puedo, por tanto, absolverme de cierta imprudencia, pero ¿no es cierto que incluso los más grandes diplomáticos y militares fueron alevosamente engañados por Hitler? Cuánto y con cuánto fervor me había dedicado su atención la Gestapo se hizo extraordinariamente evidente con la circunstancia de que me detuvieron los agentes de las SS ya la misma noche en que Schuschnigg anunció su dimisión y un día antes de que Hitler entrase en Viena. Por suerte, aún tuve la oportunidad de quemar los papeles más importantes en cuanto oí el discurso de despedida de Schuschnigg en la radio, y de enviar a mi tío, escondidos en una cesta de la colada, por medio de mi vieja y fiable ama de llaves, el resto de los documentos, con los certificados indispensables, del patrimonio de los monasterios y dos archiduques que habíamos depositado en el extranjero (fue de verdad en el último minuto, antes de que aquellos tipos me echasen la puerta abajo).

El doctor B. interrumpió su relato para encenderse un puro. A la luz titilante del encendedor, noté que le rondaba la comisura derecha de la boca un tic nervioso, en el que ya me había fijado antes y que, como pude comprobar, se repetía cada par de minutos. No era más que un movimiento fugaz, apenas un leve soplo, pero daba a toda la cara una curiosa intranquilidad.

—Supondrá ahora, seguramente, que le voy a hablar de algún campo de concentración, como aquellos a los que fueron a parar todos los que siguieron fieles a nuestra vieja Austria;

de las humillaciones, los tormentos, las torturas que sufrí en él. Pero no sucedió nada de eso. Yo entré en otra categoría. No me encontré entre los desafortunados a los que sometieron a las humillaciones corporales y espirituales con las que se desfogaba un resentimiento acumulado, sino entre esos otros, un grupo muy pequeño, a los que los nacionalsocialistas esperaban poder arrancar dinero o información importante. En sí, mi modesta persona era, por supuesto, del todo carente de interés para la Gestapo. Pero debían de haberse enterado de que éramos los testaferros, los administradores y confidentes de sus más inexorables opositores, y lo que esperaban sacar de mí era material comprometedor: material contra los monasterios cuya transferencia de patrimonio querían demostrar, material contra la familia imperial y todos los que se habían declarado dispuestos a sacrificarse por la monarquía en Austria. Suponían (y, a decir verdad, no sin razón) que, de los fondos que habían pasado por nuestras manos, una parte substancial seguía escondida fuera del alcance de su rapacidad; por tanto, me detuvieron ya el primer día para, con sus eficaces métodos, hacerme confesar esos secretos. A la gente de mi categoría, a la que debían sonsacar material importante o dinero, no la llevaban para ello a un campo de concentración, sino que le reservaban un tratamiento especial. Quizá recuerde que a nuestro emperador y, por otro lado, al barón Rothschild, de cuyos parientes esperaban obtener millones gracias a las amenazas, no los enviaron tras el alambre de espino de un campo de prisioneros, sino, gracias a un obvio trato preferente, a un hotel, el hotel Metropole, que era a su vez el cuartel general de la Gestapo, donde se los alojó a cada uno en una habitación incomunicada. También a mí, hombre insignificante, me reservaron ese honor.

»Mi propia habitación en un hotel, ¿verdad que suena extraordinariamente humano? Pero puede usted creerme: el método que habían ideado para nosotros, no embutiendo a la "gente importante" por docenas en barracones helados, sino alojándola en habitaciones de hotel individuales y pasablemente caldeadas, no era en absoluto más humano, solo más refinado. Pues la presión con la que pretendían arrancarnos el "material" buscado debía funcionar en maneras más sutiles que mediante toscas palizas o suplicios físicos: el aislamiento más refinado imaginable. No nos hacían nada: solo nos encerraban en la más completa nada, pues es sabido que no hay cosa en el mundo que produzca más presión en el espíritu humano que la nada. Encerrándonos a cada uno en un vacío total, en una habitación herméticamente aislada del mundo exterior, en vez de por las palizas y el frío de fuera, debía surgir de dentro la presión que nos soltaría por fin la lengua. A primera vista, la habitación que me asignaron no me pareció en manera alguna desagradable. Tenía una puerta, una cama, una butaca, una jofaina, una ventana enrejada. Pero la puerta permanecía cerrada día y noche, sobre la mesa no podía haber ningún libro, ningún periódico, ninguna hoja de papel, ningún lápiz, la ventana daba a un muro; en torno a mi yo e incluso a mi propio cuerpo se había construido la nada absoluta. Me despojaron de todos los objetos, del reloj para que no pudiese saber la hora, del lápiz para que no pudiese escribir, del cuchillo para que no pudiese abrirme las venas; se me negó incluso la más mínima anestesia, como un cigarrillo. No veía más cara humana que la de mi guardián, que no me decía ni una palabra y no podía contestar mis preguntas; no oía ni una sola voz humana; ojos, oídos, ninguno de los sentidos recibía de la mañana a la noche y de la noche a la mañana ni el más mínimo alimento, estaba a solas conmigo, con mi cuerpo y los cuatro o cinco objetos mudos, mesa, cama, ventana, jofaina, solo sin remedio; vivía como un buzo bajo la campana de cristal en el negro océano de ese silencio, y como un buzo que ya intuye incluso que la cuerda hacia el mundo exterior se ha roto y nunca podrán recuperarlo de la silenciosa profundidad. No había nada que hacer, nada que oír, nada que ver, en todas partes y sin interrupción en torno a uno la nada, el vacío descargado por completo de espacio y tiempo. Iba y venía, y conmigo mis pensamientos iban y venían, iban y venían, una y otra vez. Pero hasta los pensamientos, insubstanciales como parecen, necesitan un punto de apoyo o comienzan a rotar y a girar sobre sí mismos sin sentido; tampoco ellos soportan la nada. Esperabas algo de la mañana a la noche, y nada pasaba. Esperabas una y otra vez. Y nada pasaba. Esperabas, esperabas, esperabas, pensabas, pensabas, pensabas, hasta que te dolían las sienes. Y no pasaba nada. Seguías solo. Solo. Solo.

»Eso duró dos semanas, que viví fuera del tiempo, fuera del mundo. Si una guerra hubiese estallado entonces, no me habría enterado; mi mundo constaba únicamente de mesa, puerta, cama, jofaina, butaca, ventana y pared, y siempre miraba el mismo papel pintado en la misma pared; cada línea de sus festones se ha grabado con buril de bronce hasta en la curva más interior de mi cerebro, tanto los miré. Luego, por fin, comenzaron los interrogatorios. De repente te llamaban, sin saber bien si era de día o de noche. Te llamaban y te llevaban por un par de pasillos, no sabías adónde; entonces esperabas en algún sitio y no sabías en qué lugar y de pronto estabas frente a una mesa tras la que se sentaban un par de hombres de uniforme. Sobre la mesa había un montón de papeles: las actas de las que no sabías lo que contenían, y luego comenzaban las preguntas, las verdaderas y las falsas, las claras y las malintencionadas, las encubiertas y las trampas, y mientras las contestabas, dedos desconocidos, malvados, hojeaban los papeles de los que no sabías lo que contenían, y dedos desconocidos, malvados, escribían algo en un informe, y no sabías lo que escribían. Pero lo más aterrador de esos interrogatorios era para mí que nunca pude adivinar ni calcular lo que la Gestapo sabía en realidad de los procedimientos de mi bufete, ni lo que quería sacar de mí. Como ya le he dicho, había enviado los documentos verdaderamente comprometedores a mi tío a última hora por medio de mi ama de llaves. Pero ¿los había recibido él? ¿No los había recibido? ¿Y cuánto había traicionado aquel empleado? ¿Cuánto habían captado de las cartas, cuánto habían deducido hasta ahora en los monasterios alemanes que representábamos, quizá de algún clérigo desmañado al que habían sonsacado? Y seguían preguntando. ¿Qué documentos había comprado yo para tal monasterio, con qué bancos me correspondía, si conocía o no a Fulano, si recibía cartas de Suiza y de Steenokkerzeel? Y puesto que nunca podía calcular cuánto habían averiguado ya, cualquier respuesta se convertía en una responsabilidad monstruosa. Si yo reconocía algo que no sabían aún, quizás exponía a alguien a una muerte innecesaria. Si negaba demasiado, me perjudicaba a mí mismo.

»Pero el interrogatorio no era ni siquiera lo peor. Lo peor era volver tras el interrogatorio a la nada, a la misma habitación con la misma mesa, la misma cama, la misma jofaina, el mismo papel pintado. Pues, apenas me quedaba a solas, intentaba reconstruir lo que debería haber respondido si hubiese sido listo y lo que debía decir la siguiente vez para alejar de nuevo la sospecha que quizás había evocado con una observación imprudente. Reflexionaba, cavilaba, examinaba con atención, comprobaba palabra por palabra lo que le había dicho al instructor, recapitulaba cada pregunta que me habían hecho, cada respuesta que yo había dado, intentaba deducir lo que habían incluido en el informe y sabía, en cambio, que nunca podría calcularlo ni saberlo. Pero estos pensamientos, una vez en marcha en la habitación vacía, no paraban ya de rondarme la mente, una y otra vez, en combinaciones siempre distintas, y aun durante el sueño; cada vez, tras un interrogatorio de la Gestapo eran mis propios pensamientos los que se hacían cargo, igualmente inflexibles, del martirio de las preguntas y las investigaciones y los tormentos, y tal vez con más crueldad aún, pues aquellos interrogatorios terminaban, con todo, al cabo de una hora, y estos nunca, gracias a la insidiosa tortura de la soledad. Y siempre en torno a mí solo la mesa, el armario, la cama, el papel pintado, la ventana, ni una distracción, ni un libro, ni un periódico, ni una cara extraña, ni un lápiz para anotar algo, ni un fósforo con el que jugar, nada, nada, nada. Solo entonces me di cuenta de lo diabólicamente inteligente que era, de la psicología letal con la que estaba diseñado este sistema de las habitaciones de hotel. Puede que en el campo de concentración hubiese que llevar piedras hasta que a uno le sangrasen las manos y los pies se le helasen en los zapatos, y habría estado apelotonado con dos docenas de personas en el hedor y el frío. Pero habría visto caras, habría podido mirar el campo, una carreta, un árbol, una estrella, algo, alguna cosa, mientras que aquí siempre había lo mismo, siempre lo mismo, terroríficamente lo mismo. Aquí no tenía nada con lo que distraerme de mis pensamientos, de mis delirios, de mis enfermizas recapitulaciones. Y precisamente esa era su intención: que me atragantase una y otra vez con mis pensamientos hasta ahogarme y no poder hacer otra cosa que, por fin, escupirlos, que contarlos, contar todo lo que ellos querían, entregarles por fin el material y a las personas. Poco a poco me di cuenta de cómo empezaban a aflojarse mis nervios bajo aquella horrible presión de la nada, y me esforcé a más no poder, consciente del peligro, para encontrar o inventar alguna distracción. Para entretenerme intenté recitar y reconstruir todo lo que alguna vez había aprendido de memoria, el himno nacional y las rimas infantiles, el Homero del bachillerato, los artículos del código civil. Luego intenté calcular, sumar números al azar, dividirlos, pero mi memoria no tenía en el vacío fuerza de retención. No podía concentrarme en nada. Siempre irrumpían centelleando los mismos pensamientos: "¿Qué saben? ¿Qué dije ayer? ¿Qué debo decir la próxima vez?".

»Ese estado, en realidad indescriptible, duró cuatro meses. Bueno... Cuatro meses se escribe pronto: ¡apenas una docena de letras! Se dice pronto: cuatro meses, cuatro sílabas. En un cuarto de segundo los labios han articulado rápidamente el sonido: ¡cuatro meses! Pero nadie puede describir, puede medir, puede ilustrar, ni a otro ni a sí mismo, lo largo que es el tiempo en el vacío del espacio y el tiempo, y nadie puede explicar cómo carcome y corroe esta nada y nada y nada alrededor, este siempre solo mesa y cama y jofaina y papel pintado, y siempre el silencio, siempre el mismo guardián que, sin mirarte, te empuja la comida, siempre los mismos pensamientos que te giran en torno en la nada hasta que te vuelves loco. Por pequeñas señales, me di cuenta intranquilo de que mi cerebro se perdía. Al principio, durante los interrogatorios, aún era capaz de pensar claro, hablaba tranquilo y reflexionando; ese doble pensamiento, lo que debía decir y lo que no, aún funcionaba. Ahora incluso las frases más sencillas solo las articulaba tartamudeando, pues mientras las decía, miraba hipnotizado la pluma que corría sobre el papel, como si quisiera perseguir mis propias palabras. Noté que mi fuerza cedía, noté que se acercaba cada vez más el momento en el que, para salvarme, diría todo lo que sabía y puede que aún más, en el que, para huir de la asfixia de aquella nada, traicionaría a doce personas y sus secretos sin conseguir para mí más que un instante de descanso. Una tarde estaba verdaderamente en ese punto: cuando el guardián, por casualidad, en ese momento de ahogo me trajo la comida, le grité de pronto: "¡Lléveme a que me interroguen! ¡Quiero decirlo todo! ¡Quiero contarlo todo! Quiero decir dónde están los papeles, dónde el dinero. Todo, ¡lo diré todo!". Por fortuna, no me oía ya. Puede que tampoco quisiera oírme.

»En medio de esta extrema necesidad, sucedió algo imprevisto que me ofreció la salvación, una salvación al menos por cierto tiempo. Era finales de julio, un día oscuro, nublado, lluvioso: recuerdo este detalle con tanta exactitud porque la lluvia tamboreaba contra los cristales del pasillo por el que me llevaban al interrogatorio. En la antecámara de la sala de los interrogadores tuve que esperar. Siempre había que esperar antes de un interrogatorio: también esa espera formaba parte de la técnica. Primero te destrozaban los nervios llamándote, sacándote de repente de la celda en medio de la noche, y luego, cuando ya te habías hecho a la idea, ya habías tensado el intelecto y la voluntad para resistir, te hacían esperar, esperar sin sentido con sentido, una hora, dos horas, tres horas antes de interrogarte, para cansar el cuerpo y humillar el espíritu. Y a mí me hicieron esperar en particular aquel jueves[1] 27 de julio, dos horas enteras de pie en la

---

1   En algunas ediciones de este libro, la fecha se ha corregido a «miércoles 27 de julio», teniendo en cuenta que al doctor B. lo detienen el día anterior a la Anexión y que el 27 de julio de 1938 era, de hecho, miércoles. *(N. de la T.)*

antecámara; recuerdo la fecha con tanta exactitud también por una razón muy especial, puesto que en aquella sala, en la que yo tuve que esperar dos horas de plantón (desde luego, no podía sentarme), había un calendario, y me resulta imposible explicarle hasta qué punto mi hambre de impreso, de escrito, me hizo mirar fijamente un número, aquellas pocas palabras, "27 de julio", en la pared; las engullí de inmediato con el cerebro. Y luego seguí esperando, esperé mirando la puerta, pensando cuándo se abriría por fin y cavilando al mismo tiempo lo que me preguntarían esta vez los inquisidores, y supe sin dudarlo que me preguntarían algo totalmente distinto de lo que yo me estaba preparando. Pero, a pesar de todo, la tortura de aquella espera en pie era a la vez un alivio, un placer, porque aquella no era, al menos, mi habitación, era algo más grande y tenía dos ventanas, en vez de una, y no tenía cama ni jofaina ni aquella grieta en el alféizar de la ventana que había contemplado un millón de veces. La puerta estaba pintada de otra forma, la butaca junto a la pared era diferente, y a su izquierda había un archivador con documentos y un perchero con espejo, del que colgaban tres o cuatro gabanes militares mojados, los gabanes de mis verdugos. Así que tenía algo nuevo, algo distinto que observar, por fin algo distinto para mis hambrientos ojos, que se aferraron voraces a cada detalle. Contemplé cada arruga de los abrigos, noté por ejemplo cómo una gota colgaba de uno de los cuellos húmedos y, por ridículo que le parezca, esperé con una agitación absurda a ver si la gota caía por fin, a lo largo de la arruga, o si se opondría a la fuerza de la gravedad y seguiría allí pegada más tiempo; sí, durante minutos observé y observé sin aliento esa gota, como si de ella pendiese mi vida. Luego, cuando por fin había rodado hacia abajo, volví a contar los botones de los gabanes, ocho en uno, ocho en el otro, diez en el tercero, luego de nuevo comparé los dobladillos; mis ojos famélicos rozaban todas aquellas pequeñeces ridículas, irrelevantes, jugueteaban con ellas, se aferraban a ellas con una avidez que no soy capaz de describir. Y de pronto mi mirada se quedó prendida en algo. Había descubierto que, en uno de los gabanes, el bolsillo lateral estaba algo abultado. Me acerqué y creí reconocer por la forma cuadrangular del bulto lo que aquel bolsillo algo hinchado escondía: ¡un libro! Comenzaron a temblarme las rodillas: ¡un LIBRO! Llevaba cuatro meses sin sostener un libro en las manos, y la mera idea de uno en el que poder ver palabras puestas en fila, renglones, páginas y hojas, un libro en el que leer pensamientos diferentes, nuevos, ajenos, que podrían distraerme, seguir esos pensamientos y poder guardarlos en el cerebro, tenía algo tan embriagador como desconcertante. Hipnotizados, mis ojos observaban la pequeña curvatura que aquel libro formaba dentro del bolsillo, inflamaban aquel lugar insignificante como si pudiesen hacer un agujero en el gabán. Al final no pude reprimir mi codicia; sin poderme contener, me acerqué más. Solo el pensamiento de poder al menos palpar un libro a través de la tela me hacía arder los nervios de los dedos hasta las uñas. Casi sin darme cuenta, me fui acercando más y más. Por suerte, el guardián no prestó atención a mi comportamiento, indudablemente extraño; puede que le pareciese de lo más natural que un hombre que llevaba dos horas de pie a plomo, quisiera recostarse un poco en la pared. Por fin estaba lo bastante cerca del gabán y, con intención, había colocado las manos a la espalda para poder tocarlo sin llamar la atención. Palpé la tela y sentí de verdad a través de ella algo rectangular, algo flexible que crepitaba un poco: ¡un libro! ¡Un libro! Y como un rayo me cruzó el pensamiento: "¡Roba ese libro! Puede que lo logres y puedas esconderlo en tu celda y luego leer, leer, leer, ¡por fin leer de nuevo!". El pensamiento, apenas se hubo abierto paso, obró como un fuerte veneno; al momento comenzaron a zumbarme los oídos y a palpitarme el corazón, las manos se me quedaron como el hielo y ya no me obedecían. Pero, tras el primer estupor, me pegué aún más despacito y arteramente al gabán, siempre sin despegar la mirada del guardián; con las manos escondidas a la espalda, empujé el libro desde abajo más y más hacia arriba, fuera del bolsillo. Y después: agarrarlo, un ligero tirón con cuidado y, de pronto, tenía el librito, no demasiado grueso, en la mano. Solo entonces me asusté de lo que había hecho. Pero ya no podía volverme atrás. Aunque ¿qué hacer con él? A mi espalda, deslicé el volumen por la cinturilla de los pantalones y, desde allí, poco a poco, hasta la cadera, donde podía sujetarlo con la mano militarmente colocada en la costura del pantalón mientras andaba. Ahora, a pasar la primera prueba. Me alejé del perchero, un paso, dos pasos, tres pasos. Funcionaba. Podía sujetar el libro mientras andaba si no movía la mano y la apretaba contra el cinturón.

»Entonces llegó el interrogatorio. Requirió de mi parte más esfuerzo que nunca, pues en realidad concentraba toda mi fuerza, mientras contestaba, no en lo que decía, sino sobre todo en sujetar el libro sin que se notase. Por fortuna, el interrogatorio duró poco esa vez y logré llevarme el libro a mi habitación; no quiero molestarlo con todos los detalles, aunque una vez se resbaló peligrosamente por los pantalones en medio del pasillo y tuve que simular un fuerte ataque de tos para inclinarme y volver a sujetarlo en la cintura. Pero ese instante mereció la pena cuando, al volver a mi cueva con él, me vi por fin solo y, en cambio, ¡había dejado de estar solo!

»Seguro que supone usted que agarré enseguida el libro, lo ojeé, lo leí. ¡En absoluto! Primero quería saborear la anticipación de tenerlo, la demora artificial y las ganas maravillosamente estimulantes para mis nervios de imaginar qué clase de libro prefería que fuese este que había robado:

de renglones apretados, eso ante todo, con muchas muchas letras, muchas muchas hojas finas, para tener qué leer durante más tiempo. Y luego deseé que fuese una obra que me aguzara el ingenio, no algo plano, sencillo, sino algo que pudiese aprender, aprender de memoria, poemas, o mejor aún (¡qué sueño temerario!): Goethe u Homero. Pero al final no pude seguir conteniendo el ansia, la curiosidad. Tumbado en la cama, para que el guardián, si abría de pronto la puerta, no pudiese sorprenderme in fraganti, saqué temblando el volumen de debajo del cinturón.

»El primer vistazo fue una decepción e incluso una especie de irritación enconada: aquel libro conseguido con tal ingente peligro, guardado con tal ferviente esperanza, no era otra cosa que un repertorio de ajedrez, una colección de ciento cincuenta partidas de maestros. Si no hubiese estado cerrada con cerrojo, mi primer impulso habría sido tirar el libro por la ventana, pues ¿qué podía, qué iba a hacer yo con semejante memez? De muchacho, durante el bachillerato, había jugado, como la mayoría, al ajedrez de vez en cuando por aburrimiento. Pero ¿qué iba a hacer yo con aquel disparate de teoría? Al ajedrez no se puede jugar, al fin y al cabo, sin una pareja y, desde luego, no sin piezas, sin tablero. De mala gana hojeé las páginas a ver si, tal vez, a pesar de todo, encontraba algo legible, una introducción, unas instrucciones; pero no encontré nada más que los meros diagramas cuadrados de cada partida y, bajo ellos, símbolos en un principio incomprensibles para mí: a2-a3, Cf1-g3 y demás. Todo aquello me parecía una especie de álgebra para la que no encontraba la clave. Solo poco a poco fui descifrando que las letras a, b, c, eran las columnas; las cifras de 1 a 8 eran las filas, y el resto de las letras se referían a cada una de las piezas; así los diagramas puramente gráficos se convertían, al menos, en una lengua. Tal vez, reflexioné, podía construirme en la celda una especie de tablero de ajedrez y, luego, intentar reproducir aquellas partidas; qué señal del cielo me pareció que mi sábana tuviese casualmente un estampado de toscos cuadrados. Bien doblada, se podía convertir en un área de sesenta y cuatro casillas. Así que, por el momento, escondí el libro bajo el colchón tras arrancar la primera página. Luego comencé a moldear, con miguitas que fui guardando del pan, por supuesto de una forma imperfecta y ridícula, las figuras del ajedrez: el rey, la dama y todas las demás; tras un esfuerzo infinito, pude por fin comenzar a reconstruir sobre la sábana de cuadros las posiciones mostradas en el libro. Sin embargo, cuando intenté jugar toda la partida, fracasaron estrepitosamente mis ridículas piezas de miga, de las que, para distinguirlas, había oscurecido la mitad con polvo. Los primeros días no dejaba de enredarme; tuve que comenzar aquella partida una y otra vez desde el principio, cinco, diez, veinte veces. Pero ¿quién, en este mundo, disponía de tanto tiempo inútil y desaprovechado como yo, esclavo de la nada? ¿Quién tenía a su disposición un ansia tan inconmensurable como su paciencia? Después de seis días, por fin jugué la partida sin fallos hasta el final, después de otros ocho ni siquiera necesitaba ya las migas sobre la sábana para imaginar las posiciones del libro, y al cabo de otros ocho pude prescindir incluso de la sábana de cuadros; los símbolos al principio abstractos del libro, a1, a2, c7, c8, se habían convertido tras mi frente en posiciones visuales, plásticas. La transformación se había producido por completo: tenía el tablero con sus figuras proyectado hacia dentro y comprendía, gracias a las meras fórmulas, también la correspondiente combinación, como a un músico entrenado le basta un simple vistazo a una partitura para oír todas las voces y su armonía. Al cabo de otros catorce días estaba en condiciones de jugar de memoria (o, para usar la expresión técnica, a ciegas), sin esfuerzo, todas las partidas del libro; entonces comencé a entender el inmenso beneficio que mi insolente robo me había ganado. Puesto que, de repente, tenía una actividad: una sin sentido, sin objetivo, si quiere, pero a pesar de ello, una que aniquilaba la nada a mi alrededor, con aquellas ciento cincuenta partidas de campeonato poseía un arma fabulosa contra la sofocante monotonía del espacio y el tiempo. Para conservar intacto el estímulo de la nueva ocupación, me repartí, a partir de entonces, cada día con precisión: dos partidas por la mañana, dos partidas por la tarde, por la noche un rápido repaso. Así se llenaba mi día, que de otra forma se habría alargado como jalea informe, y me ocupaba sin fatigarme, pues el ajedrez tiene la ventaja fabulosa, al conjurar la energía mental en un campo bien limitado, de no debilitar el cerebro, ni siquiera cuando se esfuerza mucho el pensamiento, sino de, por el contrario, agudizar su agilidad y su potencial. Poco a poco comenzó, gracias al juego al principio meramente mecánico de las partidas de los maestros, a despertarse en mí una comprensión artística, vocacional. Aprendí a entender las finezas, los defectos y las agudezas en el ataque y la defensa, comprendí la técnica de pensar por adelantado, combinar, reposicionar, y reconocí pronto las notas personales de cada uno de los maestros en su desarrollo individual de modo tan infalible como se reconocen los poemas de un poeta ya con unos pocos versos; lo que había comenzado como una mera ocupación para llenar el tiempo se convirtió en disfrute, y las figuras de los grandes estrategas del ajedrez, como Alekhine, Lasker, Bogoliúbov, Tartakower, entraron como queridos camaradas en mi soledad. La silenciosa celda inspiraba cada día infinitas variaciones y precisamente la regularidad de mi ejercitación devolvió a mi intelecto su ya quebrantada seguridad: sentía mi cerebro renovado y, gracias a la continua disciplina mental, incluso también más pulido. Que pensaba más claro y conciso se vio, sobre todo, en los interrogatorios; sin ser consciente, me había perfeccionado en el tablero de ajedrez en la defensa contra falsas amenazas y manipulaciones ocultas; desde ese momento, en los interrogatorios no mostraba ya mis flacos, y me parecía incluso que los de la Gestapo poco a poco comenzaban a mirarme con cierto respeto. Tal vez se preguntaban en silencio, puesto que todos los demás parecían desmoronarse, de qué fuente secreta solo yo extraía la fuerza de una resistencia tan imperturbable.

»Este tiempo de felicidad mío, puesto que jugaba las ciento cincuenta partidas de aquel libro día tras día por sistema, duró unos dos meses y medio o tres. Luego llegué, sin haberlo previsto, a un punto muerto. De pronto, me encontraba de nuevo ante la nada. Ya que, en cuanto hube jugado cada partida unas veinte o treinta veces, la novedad perdió interés, sorpresa; su fuerza hasta entonces emocionante, estimulante, se había agotado. ¿Qué sentido tenía repetir una y otra vez las partidas, que ya sabía de memoria movimiento por movimiento desde hacía mucho? Apenas hacía la primera apertura, su continuación se destejía por sí sola, había dejado de haber sorpresa, interés, problemas. Para ocuparme, para conseguir el esfuerzo y el entretenimiento que eran ya para mí indispensables, habría necesitado, en realidad, otro libro con otras partidas. Puesto que eso era, sin embargo, del todo imposible, solo me quedaba un sentido que tomar en ese peculiar camino de locos: en vez de jugar las viejas partidas, debía inventar otras nuevas. Debía intentar jugar conmigo mismo o, más bien, contra mí mismo.

»No sé hasta qué punto habrá usted reflexionado sobre la peculiaridad intelectual de este juego de juegos. Pero ya la consideración más fugaz podría bastar para aclarar que, en el ajedrez, un juego puramente cerebral del que se ha desterrado el azar, supone por lógica un absurdo jugar contra uno mismo. El atractivo del ajedrez está, de hecho, en el fondo, solo en que una estrategia se desarrolla de manera distinta en dos cerebros diferentes, en que, en esta lucha de intelectos, el negro no conoce la maniobra del blanco y siempre intenta adivinarla y contrariarla, mientras que por su parte el blanco aspira a adelantarse a las intenciones secretas del negro y detenerlas. Si el negro y el blanco lo constituyesen una única persona, se daría la condición paradójica de que un solo cerebro debería a la vez saber algo y no saberlo, de que, como jugador blanco, tendría que olvidar por completo y sin más lo que un minuto antes quería y se proponía como jugador negro. Un doble pensamiento así supone, en realidad, una escisión completa de la consciencia, poder iluminar u oscurecer de manera voluntaria la función cerebral como en un aparato mecánico; jugar contra uno mismo supone, pues, en el ajedrez, una paradoja semejante a la de querer saltar sobre la propia sombra. Bien, pues esta imposibilidad, este absurdo, fue lo que intenté, en mi desesperación, durante meses. Pero no tenía otra opción que ese contrasentido para no caer en la pura locura o en un completo marasmo mental. Me vi obligado por mi terrible situación a intentar al menos esta escisión en un yo negro y un yo blanco, para que la espantosa nada que me rodeaba no me sofocase.

El doctor B. se recostó en la silla de cubierta y cerró un segundo los ojos. Era como si quisiera reprimir por la fuerza un recuerdo molesto. De nuevo le recorría el curioso tic, que no podía dominar, la comisura de la boca. Luego se irguió un poco en la silla.

—Así pues... espero haber aclarado para su comprensión todo hasta este punto. Pero no estoy, por desgracia, seguro de si podré explicarle el resto con igual claridad. Puesto que esta nueva tarea requería una tensión tan incondicional del cerebro que hacía a la vez imposible todo control propio. Ya le he insinuado que mi opinión es que, en sí, es una insensatez jugar al ajedrez contra uno mismo; pero incluso este absurdo tendría, no obstante, una mínima oportunidad en un tablero real, pues el tablero con su realidad permite cierta distancia; al menos, una exteriorización material. Ante un tablero real, con piezas reales, uno puede hacer pausas para reflexionar, puede físicamente sentarse a un lado o al otro de la mesa y, con ello, ver unas veces la situación desde el punto de vista del negro, y otras desde el punto de vista del blanco. Pero necesitando, como yo necesitaba, lidiar esa lucha contra mí mismo o, si usted quiere, conmigo mismo, en un espacio imaginario proyectado, me veía obligado con toda claridad a aferrarme en mi consciencia a la combinación completa de sesenta y cuatro casillas, y no solo como imagen momentánea, sino también procurando calcular los siguientes movimientos posibles de ambas partes, es decir (sé lo absurdo que todo esto suena): a imaginarme doble o triplemente, no... hasta seis, ocho, doce veces, para cada uno de mis yoes, para el negro y el blanco, siempre cuatro o cinco movimientos por adelantado. Debía (perdone que le exija seguirme en esta locura), jugando en un espacio abstracto de la fantasía, calcular como jugador blanco cuatro o cinco movimientos futuros, y hacerlo de igual manera como jugador negro, es decir: combinar por adelantado, como con dos cerebros, uno blanco y otro negro, todas las situaciones posibles en el desarrollo hasta cierto punto. Pero ni siquiera esta división de mí mismo era lo más peligroso de mi abstruso experimento, sino que, mediante la invención independiente de partidas, perdía enseguida los estribos y caía en la inmensidad. El mero jugar las partidas de los maestros, como había practicado en las semanas anteriores, había sido al fin y al cabo nada más que una obra de reproducción, pura recapitulación de un material ya dado y, como tal, no más exigente que cuando había aprendido un poema de memoria o memorizado artículos de una ley; era una actividad limitada, disciplinada, y por tanto un excelente ejercicio mental. Las dos partidas que jugaba por la mañana, las dos que ensayaba por la tarde, representaban una tarea determinada que podía llevar a cabo sin agitación; me suponían una ocupación normal y, además, tenía, cuando me equivocaba en el transcurso de una partida o no sabía seguir, en el libro siempre un apoyo. Por eso aquella actividad había sido para mis nervios alterados tan eficaz y tranquilizadora, porque seguir las jugadas de otros no me implicaba a mí; que ganase el blanco o el negro me daba igual: eran al fin y al cabo Alekhine o Bogoliúbov los que se disputaban los laureles, y mi propia persona, mi intelecto, mi espíritu disfrutaban solo como espectadores, como conocedores de las peripecias y bellezas de cada partida. Desde el momento en que intenté jugar contra mí mismo, comencé a desafiarme de manera inconsciente. Cada uno de mis dos yoes, mi yo negro y mi yo blanco, rivalizaba con el otro, y cada uno por su parte daba en la ambición, en la impaciencia por ganar, por vencer; mi yo negro temblaba de ansiedad por cada movimiento que haría mi yo blanco. Uno de mis yoes triunfaba solo si el otro cometía un error, y se enfadaba al mismo tiempo por su propia falta de habilidad.

»Todo esto parece no tener sentido y, de hecho, esta especie de esquizofrenia artificial, esta división de la consciencia con su tendencia a una peligrosa rabia, sería impensable en una persona normal en circunstancias normales. Pero no olvide usted que a mí me habían arrancado de la normalidad por la fuerza, era un preso, encerrado sin culpa, desde hacía meses víctima del refinado martirio de la soledad, una persona que deseaba descargar contra algo su ira acumulada desde hacía mucho. Y, puesto que no tenía otra cosa que aquel juego absurdo contra mí mismo, mi ira, mi sed de venganza se dirigieron al juego con auténtico fanatismo. Algo en mí ansiaba tener razón y solo tenía ese otro yo en mí al que enfrentarme; así que, durante el juego, me encolerizaba como un maníaco. Al principio, pensaba todavía tranquilo y con calma, me obligaba a hacer pausas entre una y otra partida para recuperarme de la tensión; pero poco a poco mis nervios excitados dejaron de permitirme las esperas. Apenas mi yo blanco había movido, avanzaba febril mi yo negro; apenas terminaba una partida, me exigía la siguiente, pues cada vez uno de los dos yoes del ajedrez había sido vencido por el otro y quería la revancha. Nunca podré acercarme siquiera a decir cuántas partidas jugué contra mí mismo siguiendo esta insaciabilidad demente en aquellos últimos meses en mi celda; puede que un millar, puede que más. Era una obsesión de la que no podía librarme; desde el amanecer hasta la noche no pensaba en otra cosa que en alfiles y peones y torres y reyes y a y b y c y mate y enroque, con todo mi ser y mis sentidos me lanzaba al cuadrado blanquinegro. El placer de jugar se había convertido en ansia de jugar, y el ansia de jugar en necesidad de jugar, una manía, una ira frenética, que no solo impregnaba mis horas despierto, sino también poco a poco mi sueño. Solo podía pensar en el ajedrez, solo en movimientos de ajedrez, en problemas de ajedrez; a veces me despertaba con la frente húmeda y me daba cuenta de que, incluso durante el sueño, mi inconsciente debía de haber seguido jugando y, si soñaba con personas, solo se movían como el alfil, como la torre, en el avanzar y retroceder del salto del caballo. Incluso cuando me llamaban para interrogarme, no podía ya concentrarme en mi responsabilidad; tengo la sensación de que, en los últimos interrogatorios, debo de haberme expresado con bastante confusión, pues los agentes se miraban a veces extrañados. Pero la realidad era que, mientras me preguntaban y deliberaban, en mi desgraciada avidez, yo no esperaba otra cosa que me devolviesen a mi celda para continuar mi juego, mi loco juego, una nueva partida y luego otra y otra más. Toda interrupción me parecía una molestia; incluso el cuarto de hora durante el que el guardián me limpiaba la celda, los dos minutos durante los que me traía la comida, importunaban mi febril impaciencia; a veces mi escudilla estaba por la noche con la comida aún intacta: embebido en el juego, me había olvidado de comer. Lo único que sentía físicamente era una sed

horrible; debe de haber sido la fiebre de ese continuo pensar y jugar; me bebía la botella de dos tragos y atormentaba al guardián para que me trajese más, y sentía, aun así, al siguiente momento, la lengua de nuevo seca en la boca. Al final, mi excitación durante el juego (y no hacía otra cosa ya de la mañana a la noche) llegó a tal grado que no era siquiera capaz de sentarme tranquilo; no dejaba de ir y venir por la habitación mientras pensaba las partidas, cada vez más rápido y más rápido y más rápido, iba y venía, iba y venía, y cada vez más irascible, cuanto más se acercaba el momento decisivo de la partida; la ambición de ganar, de vencer, de vencerme a mí mismo, se convirtió poco a poco en una especie de ira, temblaba de impaciencia porque uno de los yoes del ajedrez le parecía siempre al otro demasiado lento. El uno apremiaba al otro; por ridículo que, tal vez, le parezca, comenzaba a increparme ("¡Más rápido! ¡Más rápido!" o "¡Vamos! ¡Vamos!") si uno de los yoes en mí no era lo bastante ligero en dar la réplica al otro. Por supuesto, hoy me es del todo claro que ese estado mío era ya por completo una forma patológica de sobrexcitación mental, para la que, de hecho, no encuentro otro nombre que el hasta ahora desconocido médicamente de "intoxicación por ajedrez". Al final, esa obsesión monomaníaca comenzó a atacarme no solo el cerebro, sino también el cuerpo. Perdí peso, dormía mal e intranquilo, necesitaba a la hora de despertar cada vez un esfuerzo más extraordinario para abrir los párpados de plomo; a veces me sentía tan débil que, si agarraba un vaso, solo podía llevármelo con esfuerzo a los labios, tanto me temblaban las manos; pero, apenas comenzaba el juego, me estremecía con una fuerza salvaje: iba y venía con los puños apretados y, como a través de una niebla roja, oía a veces mi propia voz, gritándose ronca y enfadada: "¡Jaque!" o "¡Mate!".

»De cómo se convirtió este estado espantoso, indescriptible, en una crisis, no puedo ni siquiera yo dar cuenta. Todo lo que sé al respecto es que una mañana me desperté y no fue un despertar como los demás. Me sentía como desprendido de mi cuerpo, descansaba cómodo y calentito. Un cansancio denso, bueno, como hacía meses que no conocía, pesaba sobre mis párpados, tan cálido y benéfico sobre ellos que de primeras no pude siquiera decidirme a abrir los ojos. Durante varios minutos seguí acostado aunque despierto y disfruté aún de aquel pesado letargo, de aquel tibio estar tumbado con los sentidos anestesiados por lo voluptuoso. De pronto me pareció oír voces detrás de mí, voces humanas expresivas, que decían palabras, y ni se imagina usted mi entusiasmo, pues llevaba meses, casi un año, sin oír otras palabras que las duras, cáusticas y airadas de mis interrogadores. "Sueñas —me dije—. ¡Sueñas! No abras los ojos pase lo que pase. Deja que dure este sueño, o verás de nuevo a tu alrededor la maldita celda, la butaca y el aguamanil y la mesa y el papel pintado con su eterno estampado. ¿Sueñas? Pues sigue soñando".

»Pero la curiosidad acabó por imponerse. Abrí despacio y con cuidado los párpados. Y milagro: me encontraba en otra habitación, una habitación más amplia, más espaciosa, que la de mi hotel. Una ventana sin reja dejaba entrar la luz y la vista a unos árboles, verdes, árboles que se mecían al viento en vez de mi muro inmóvil, las paredes resplandecían blancas y lisas, liso y blanco se elevaba sobre mí el techo... La verdad era que estaba acostado en una cama nueva, extraña, y en realidad no era un sueño: detrás de mí, unas voces humanas hablaban en voz baja. Sin querer, en mi sorpresa, debí de moverme bruscamente, pues enseguida oí pasos a mi espalda. Una mujer se acercó con movimientos suaves, una mujer con toca blanca sobre el pelo, una enfermera. Me estremecí de entusiasmo: llevaba un año sin ver una mujer. Miré de hito en hito a la benigna aparición, y debió de ser una mirada salvaje, extática, pues: "¡Tranquilo! ¡Tranquilícese!", me apremió la enfermera a calmarme. Pero yo solo prestaba atención al sonido de su voz... ¿No era una persona la que hablaba? ¿Había aún sobre la tierra una persona que no me interrogaba, que no me atormentaba? Y, además (¡milagro incomprensible!), una voz de mujer dulce, cálida, casi tierna. Ávido, le miré la boca, pues durante aquel año infernal se me había hecho improbable que una persona pudiese dirigirse a otra con amabilidad. Me sonrió (sí, sonrió, aún había personas que podían sonreír amables), luego se llevó el dedo exhortativo a los labios y se fue en silencio. Pero yo no podía obedecer su orden. Aún no me había hartado de ver el milagro. Con fuerza intenté incorporarme en la cama para seguir mirando, seguir mirando a aquel milagro de ser humano que era amable. Pero, cuando quise apoyarme en el larguero, no lo conseguí. Donde debía estar mi mano derecha, dedos y muñeca, noté algo extraño, un bulto grueso, grande, blanco, obviamente un voluminoso vendaje. Miré asombrado aquello blanco, grueso, extraño en mi mano, sin entender al principio; comencé a comprender luego, lentamente, dónde me encontraba, y a cavilar sobre lo que podía haberme pasado. Debían de haberme herido, o me había herido yo mismo en la mano. Me encontraba en un hospital.

»A mediodía vino el médico, un agradable señor mayor. Conocía mi apellido y mencionó de modo tan respetuoso a mi tío, el médico de cámara imperial, que enseguida me inundó la sensación de que se portaría bien conmigo. Acto seguido, me hizo todo tipo de preguntas, sobre todo una que me asombró: si yo era matemático o químico. Lo negué.

»—"Extraño —murmuró—. En la fiebre, no dejaba usted de gritar fórmulas singulares: c3, c4. Ninguno de nosotros las conocía".

»Pregunté qué me había pasado. Me sonrió con una curiosa sonrisa.

»—"Nada serio. Una irritación aguda de los nervios. —Y, tras mirar con cuidado alrededor, añadió en voz baja—: Es, al fin y al cabo, muy comprensible. Desde el 13 de marzo, ¿no? —asentí—. No es de extrañar, con esos métodos —murmuró—. No es usted el primero. Pero no se preocupe".

»Por la forma tranquilizadora en la que me susurró esto, gracias a su serena mirada, supe que con él estaba a salvo.

»Al cabo de dos días, el buen doctor me explicó con bastante sinceridad lo que había sucedido. El guardián me había oído gritar a todo pulmón en mi celda y, de inmediato, había supuesto que alguien había entrado por la fuerza y que era contra quien yo peleaba. Apenas apareció en la puerta, sin embargo, me abalancé sobre él y le dije a voces algo que sonaba como: "¡Mueve de una vez, infame! ¡Cobarde!", había intentado agarrarlo por el cuello y al final lo había atacado con tanta violencia que tuvo que pedir ayuda. Cuando me arrastraron en mi rabioso estado a una revisión médica, me solté de pronto, me lancé hacia la ventana del pasillo, rompí el cristal, y así era como me había cortado la mano... Mire, aún se ve la profunda cicatriz. Las primeras noches en el hospital tuve una especie de fiebre cerebral, pero mi sensorio estaba de nuevo claro.

»—"Por supuesto —añadió en voz baja—, no informaré de esto a las autoridades, o acabarán por devolverlo allí. Confíe usted en mí: haré todo lo que pueda".

»Lo que este caritativo médico contó a mis torturadores escapa a mi conocimiento. En cualquier caso, consiguió lo que quería conseguir: mi liberación. Puede ser que me declarase demente, o tal vez, entretanto, yo había perdido importancia para la Gestapo, pues Hitler había ocupado ya Bohemia y, con ello, tenía la caída de Austria por concluida. Así pues, solo tuve que firmar el compromiso de abandonar nuestra patria en el plazo de dos semanas, y esas dos semanas estuvieron tan repletas del millar de formalidades que hoy día necesita para viajar el antaño cosmopolita —documentos militares, de la Policía, impuestos, pasaporte, salvoconducto, certificado de buena salud— que no tuve tiempo de pensar mucho en el pasado. Por lo visto, en nuestro cerebro operan en secreto fuerzas reguladoras que eliminan de manera automática lo que puede resultar incómodo o peligroso para el espíritu, pues siempre que pretendía recordar el tiempo pasado en aquella celda, se apagaba, por decirlo así, en mi cerebro la luz; solo al cabo de muchas semanas, en realidad solo aquí en el barco, he encontrado de nuevo el valor para buscar en mi memoria lo que me había sucedido.

»Y ahora entenderá usted por qué me he comportado de forma tan inapropiada y probablemente incomprensible con sus amigos. En realidad, fue el mero azar el que me llevó al salón de fumar, donde los vi sentados ante el tablero de ajedrez; de inmediato sentí que mis pies echaban raíces de asombro y espanto. Pues había olvidado por completo que al ajedrez se puede jugar con un tablero de verdad y con piezas de verdad, que es un juego en el que se sientan, la una frente a la otra, dos personas reales totalmente distintas. Necesité, es cierto, un par de minutos para recordar que lo que hacían esos jugadores era, en esencia, el mismo juego que yo, en mi desesperación, había intentado jugar contra mí mismo durante meses. Las cifras con las que yo me había ayudado durante mis feroces ejercicios eran, en realidad, solo un sucedáneo, símbolo de esas figuritas; mi sorpresa ante el hecho de que esos movimientos de las piezas por el tablero fuesen los mismos que los de mis fantasías sería quizá similar a la de un astrónomo que calcula, con los métodos más complicados sobre el papel, la existencia de un nuevo planeta, y luego lo descubre de verdad en el cielo como una estrella blanca, clara, substancial. Como hipnotizado, no dejaba de mirar el tablero, y vi en él mis diagramas... Con caballo, torre, rey, dama y peones como piezas reales, talladas en madera. Para comprender la situación de la partida, tuve que reconvertir primero mi abstracto mundo de cifras en piezas movibles. Poco a poco me dominó la curiosidad de ver ese juego auténtico entre dos jugadores. Y así pasó lo vergonzoso: que, olvidando toda cortesía, acabé inmiscuyéndome en la partida. Pero ese movimiento en falso de su amigo fue, para mí, como una puñalada en el corazón. Fue puro instinto retenerlo, una intervención impulsiva, como cuando, sin reflexionar, se agarra a un niño que se inclina sobre una barandilla. Solo más tarde tuve clara la torpe indiscreción de la que me había hecho culpable mi urgencia.

Me apresuré a asegurarle al doctor B. lo mucho que nos habíamos alegrado todos de poder agradecer a la casualidad haberlo conocido, y que, después de todo lo que me había confiado, sería para mí el doble de interesante poder verlo al día siguiente en el torneo improvisado. El doctor B. se revolvió inquieto.

—No, en realidad no espere usted demasiado. No debería de ser más que una prueba para mí... una prueba de si... de si soy en absoluto capaz de jugar una partida normal de ajedrez, una partida en un tablero de verdad, con piezas físicas y un contrincante de carne y hueso... Pues aún dudo de si los centenares o aun millares de partidas que he debido de jugar han sido realmente partidas de ajedrez conforme a las reglas y no solo una especie de ajedrez ensoñado, un ajedrez febril, un juego febril, en el que, como pasa en los sueños, se saltan pasos intermedios. Espero, sin embargo, que no me exijan atribuirme en serio la capacidad de plantar cara a un maestro de ajedrez, es más, al primero del mundo. Lo que me interesa y me intriga es solo la curiosidad póstuma de averiguar si lo de la celda de entonces era ajedrez o solo una locura, si estuve cerca o si pasé de hecho el escollo peligroso; solo eso, eso nada más.

Desde el extremo del barco sonó en ese momento el gong que anunciaba la cena. Debíamos —el doctor B. me lo había contado todo con mucho más detalle de lo que lo resumo aquí— de haber estado charlando durante casi dos horas. Le di las gracias de corazón y me despedí. Pero aún no había yo recorrido la cubierta cuando ya me seguía para añadir con visible nerviosismo e incluso algo balbuciente:

—¡Una cosa más! ¿Podría usted avisar a los señores por adelantado, de modo que más tarde no parezca yo descortés, de que jugaré una única partida? No ha de ser otra cosa que la raya bajo una vieja cuenta, un final definitivo y no un nuevo comienzo... No me gustaría caer por segunda vez en esa pasión febril del juego que solo puedo recordar con espanto... Y, por cierto... por cierto, también el médico me lo advirtió entonces... Me lo advirtió expresamente. Quien ha sufrido una manía sigue para siempre en peligro, y alguien con (aunque esté curado), con intoxicación por ajedrez, no debería acercarse en lo posible a un tablero... Así pues, entenderá: solo esta única partida de prueba para mí mismo, y ninguna más.

Al día siguiente nos reunimos todos, puntualmente a la hora acordada, las tres, en el fumador. Nuestro grupo había crecido con dos amantes del «juego del rey», dos oficiales del barco que habían pedido ser relevados de sus servicios a bordo para ver el torneo. Tampoco Czentovic se hizo esperar como el día anterior y, tras la elección obligada de color, comenzó la memorable partida de este *Homo obscurissimus* contra el célebre campeón mundial. Sentí que se enfrentasen solo para nosotros, espectadores sin aptitud, y que su partida se perdiera para los anales del ajedrez como las improvisaciones al piano de Beethoven para la música. De hecho, a la tarde siguiente, intentamos reconstruir juntos la partida desde nuestros recuerdos, pero en vano; seguramente, durante el juego, todos habíamos prestado atención más entusiasmados a los jugadores que a sus jugadas. Pues la oposición intelectual en la actitud de los jugadores se fue haciendo, en el curso de la partida, cada vez más plástica en sus cuerpos. Czentovic, el rutinario, siguió durante todo el tiempo inmóvil como una roca, los ojos fijos, como petrificados, en el tablero: la reflexión parecía en él un esfuerzo directamente físico, que requería la concentración extrema de todos sus órganos. El doctor B., por el contrario, se movía del todo relajado y despreocupado. Como el diletante auténtico, en el sentido más estricto de la palabra, que encuentra, en el juego, solo el juego, la alegría del *diletto,* dejó su cuerpo totalmente laxo, charló durante las primeras pausas para explicarnos las jugadas, se encendió con mano ligera

un cigarrillo y no dejó de mirar al frente salvo, cuando llegaba su turno, un instante tan solo al tablero. Cada vez tenía el aspecto de haber esperado ya el movimiento del contario.

Los obligados movimientos de apertura se sucedieron con bastante rapidez. Solo para el séptimo o el octavo pareció desarrollarse algo como un plan determinado. Czentovic alargó sus pausas de reflexión; en eso notamos que había comenzado la auténtica batalla. Pero, para ser fieles a la verdad, este desarrollo lento de la situación era, como toda partida de campeonato que se precie, para nosotros, legos, una desilusión. Puesto que, cuanto más se entretejían las piezas en un extraordinario ornamento, más inescrutable era para nosotros la situación real. No podíamos ver lo que intentaba ninguno de los contrincantes, ni cuál de los dos llevaba ventaja. Solo notábamos que algunas piezas servían de palanca para saltar al frente enemigo, aunque no éramos capaces —dado que para estos jugadores superiores cada movimiento siempre estaba precombinado con varios otros— de comprender la intención estratégica de su ir y venir. A ello se fue añadiendo poco a poco una fatiga paralizante, causada principalmente por las interminables pausas de reflexión de Czentovic, que también comenzaban a irritar de manera visible a nuestro amigo. Observé intranquilo cómo, cuanto más se alargaba la partida, más inquieto se removía en su asiento; de puros nervios, ora se encendía un cigarrillo tras otro, ora agarraba el lápiz para anotar algo. Luego, volvió a pedir un agua mineral, que bebía a grandes sorbos vaso tras vaso; era evidente que combinaba cien veces más rápido que Czentovic. Cada vez que este, después de una interminable reflexión, se decidía a adelantar con mano pesada una pieza, nuestro amigo sonreía como alguien que veía cumplirse algo largamente esperado, y contestaba de inmediato. Con su intelecto trabajando a toda velocidad, debía de haber calculado en su cabeza todas las posibilidades del contrario por adelantado. Cuanto más se retrasaba la decisión de Czentovic, más crecía su impaciencia y, en torno a sus labios, se imprimía durante la espera un gesto enfadado y casi hostil. Pero Czentovic no se dejaba apremiar de ninguna de las maneras. Reflexionaba, terco y taciturno, y paraba más tiempo cuanto más se desnudaba de piezas el tablero. Para el cuadragésimo segundo movimiento, transcurridas dos horas y tres cuartos, estábamos todos ya cansados y casi apáticos en torno a la mesa del torneo. Uno de los oficiales se había ido ya, el otro había comenzado a leer un libro y miraba solo un segundo cuando se daba algún cambio. Pero entonces, de pronto, con uno de los movimientos de Czentovic, sucedió lo inesperado. En cuanto el doctor B. se dio cuenta de que Czentovic echaba mano al caballo para avanzarlo, se encogió como un gato antes de saltar. Todo su cuerpo comenzó a tiritar y, apenas hubo hecho Czentovic el movimiento del caballo, él adelantó enérgico la dama y dijo en un alto tono triunfal: «¡Hecho! ¡Se acabó!», se reclinó en el asiento, cruzó los brazos sobre el pecho y miró con una mirada provocadora a Czentovic. Una luz cálida se había encendido en sus pupilas.

Casi sin darnos cuenta, nos inclinamos sobre el tablero para entender el movimiento tan triunfalmente anunciado. A primera vista, no se veía ninguna amenaza. La declaración de nuestro amigo debía de referirse, pues, a un desarrollo posterior que nosotros, aficionados de pensamiento corto, no podíamos aún calcular. Czentovic era el único al que aquel provocador anuncio no había conmovido: seguía sentado tan imperturbable como si no hubiese oído el insultante «¡Se acabó!». No sucedió nada. Se podía oír como todos conteníamos el aliento sin saberlo, con algún tictac del reloj que se había colocado sobre la mesa para dar constancia del tiempo de cada movimiento. Pasaron tres minutos, siete minutos, ocho minutos; Czentovic seguía sin moverse, pero me pareció que tenía las grandes aletas de la nariz aún más abiertas, como por un esfuerzo interno. A nuestro amigo esta espera silenciosa parecía serle tan inaguantable como a nosotros. Se levantó de golpe y comenzó a ir y venir por el salón de fumar, primero despacio, luego más y más deprisa. Todos lo miramos un poco asombrados, pero ninguno tan intranquilo como yo, pues observé que sus pasos, pese a toda la vehemencia de aquel ir y venir, se reducían solo a un tramo y siempre el mismo; era como si cada vez se tropezase, en medio de la sala vacía, con un armario invisible que lo obligaba a dar la vuelta. Y con un estremecimiento advertí que, con aquel ir y venir, reproducía sin darse cuenta las dimensiones de su antigua celda: justo así debía de haberla recorrido durante los meses de su encierro, como un animal encerrado en una jaula, con las manos igual de crispadas y los hombros encorvados; así y solo así debía de haber ido y venido un millar de veces, las luces rojas de la locura en la mirada fija y, sin embargo, febril. Pero su capacidad de concentración parecía aún intacta, pues de vez en cuando se dirigía impaciente a la mesa para ver si Czentovic, entretanto, se había decidido. Pero pasaron nueve minutos, diez. Luego, por fin, sucedió algo insólito para nosotros. Czentovic levantó despacio la pesada mano que, hasta entonces, había tenido inmóvil sobre la mesa. Todos miramos con interés para ver su decisión. Pero Czentovic no hizo ningún movimiento, sino que, con el dorso de la mano, barrió de un empujón resuelto y lento todas las piezas del tablero. Necesitamos un segundo para entenderlo: Czentovic había abandonado la partida. Se había rendido para que no le hiciesen mate delante de todos. Lo improbable había ocurrido: el gran maestro, el campeón de innumerables torneos, había rendido la bandera ante un desconocido, un hombre que llevaba veinte o veinticinco años sin tocar un tablero de ajedrez. Nuestro amigo, el anónimo, el ignoto, había vencido al mejor jugador del mundo en público.

Sin darnos cuenta, en nuestro entusiasmo, nos habíamos levantado uno tras otro. Teníamos todos la sensación de que debíamos decir algo o hacer algo para desahogar nuestro alegre sobresalto. El único que continuó inmóvil en su calma fue Czentovic. Solo al cabo de una lenta pausa levantó la cabeza y miró a nuestro amigo con ojos de piedra.

—¿Otra partida? —preguntó.

—Por supuesto —contestó el doctor B., con una exaltación que me resultó desagradable, y se sentó de inmediato, antes incluso de que yo pudiese recordarle su intención de darse por satisfecho con una partida, y comenzó con premura febril a colocar de nuevo las piezas. Las movía con un brío tal que dos veces se le escurrió un peón entre los dedos y fue a parar al suelo; mi incomodidad a la vista de su excitación poco natural creció hasta convertirse en una especie de miedo. Pues una exaltación visible se había adueñado del hombre antes tan tranquilo y calmado; el tic en torno a la boca era cada vez más frecuente y el cuerpo le temblaba como agitado por una fiebre súbita.

—¡No! —le susurré al oído—. ¡Ahora no! Déjelo estar por hoy. Es demasiado fatigoso para usted.

—¡Fatigoso! ¡Ja! —se carcajeó con cierta maldad—. Habría podido jugar diecisiete partidas en este tiempo de holgazanería. Lo único que me fatiga con este ritmo es evitar dormirme... ¡Vamos! ¡Empiece de una vez!

Estas últimas palabras se las había dicho a Czentovic en un tono vehemente, casi grosero. Este lo miró tranquilo y sobrio, pero su mirada pétrea tenía algo de puño. De pronto había surgido algo nuevo entre los dos jugadores: una tensión peligrosa, un odio apasionado. No eran ya dos jugadores cualesquiera, que quisieran probar su habilidad jugando uno contra el otro: eran dos enemigos que se habían jurado destrucción. Czentovic vaciló mucho antes de hacer el primer movimiento, y tuve la clara sensación de que lo había hecho a propósito. Era obvio que el táctico adiestrado había descubierto ya que era precisamente su parsimonia lo que cansaba e irritaba a su oponente. Así que se demoró no menos de cuatro minutos en hacer la más normal y sencilla de todas las aperturas, adelantando el peón del rey las habituales dos casillas. Nuestro amigo empujó, de inmediato, su peón del rey al encuentro, pero de nuevo Czentovic hizo una pausa eterna, apenas soportable; era como cuando estalla un fuerte rayo y uno espera con el corazón en un puño el trueno, y el trueno no acaba de llegar. Czentovic no se inmutaba. Reflexionaba tranquilo, con calma y, algo de lo que yo estaba cada vez más seguro, con pérfida lentitud;

eso, no obstante, me daba abundante tiempo para observar al doctor B. Acababa de deglutir el tercer vaso de agua; no pude remediar acordarme de lo que me había contado sobre su sed febril en la celda. Comenzaban a ser claros todos los síntomas de una excitación anómala; vi que se le humedecía la frente y que la cicatriz de su mano parecía más roja y definida que nunca. Pero aún se dominaba. No fue hasta el cuarto movimiento, mientras Czentovic reflexionaba de nuevo sin fin, cuando perdió la compostura y le bufó:

—Pero ¡mueva de una vez!

Czentovic levantó la mirada fría.

—Hasta donde yo sé, hemos acordado diez minutos de tiempo entre movimientos. Por principio, no juego con tiempos más cortos.

El doctor B. se mordió el labio; me di cuenta de que, bajo la mesa, sus suelas oscilaban contra el suelo con creciente intranquilidad, y no pude evitar ponerme cada vez más nervioso con el presentimiento agobiante de que algo poco razonable se preparaba en su interior. De hecho, se produjo otro incidente en el octavo movimiento. El doctor B., que esperaba cada vez con menos dominio de sí mismo, no pudo seguir ya conteniendo la tensión; se balanceaba adelante y atrás y comenzó a tamborilear inconscientemente con los dedos sobre la mesa. De nuevo, Czentovic alzó su pesada cabeza campesina.

—Le ruego que deje de tamborilear, por favor. Me molesta. Así no puedo jugar.

—¡Ja! —se rio cortamente el doctor B.—. Ya se ve.

A Czentovic se le puso la frente colorada.

—¿Qué quiere usted decir? —preguntó cortante y enfadado.

El doctor B. volvió a reírse corta y maliciosamente.

—Nada. Solo que es obvio que está usted nervioso.

Czentovic guardó silencio e inclinó de nuevo la cabeza.

Solo al cabo de siete minutos hizo el siguiente movimiento y, a ese ritmo mortal, fue arrastrándose la partida. Czentovic se hacía cada vez más pétreo; al final, utilizaba siempre el máximo del tiempo acordado antes de decidir su movimiento y, de un intervalo al otro, el comportamiento de nuestro amigo se hacía cada vez más extraño. Tenía el aspecto de haber perdido interés en la partida, de estar ocupado con algo totalmente distinto. Dejó su fogoso andar en el sitio y se quedó muy quieto en el asiento. Mirando ceñudo y casi extraviado al vacío, murmuraba sin descanso palabras incomprensibles: o se estaba perdiendo en combinaciones sin fin o trabajaba —esta era mi sospecha más íntima— en partidas por completo diferentes, pues cada vez, cuando Czentovic por fin había movido, había que reclamarlo de su distracción. Entonces, necesitaba siempre unos minutos para orientarse de nuevo; cada vez me acuciaba más la sospecha de que hacía mucho que nos había olvidado a nosotros y a Czentovic en esa forma fría de la locura que podía desembocar en violencia en cualquier segundo. Y, de hecho, para el decimonoveno movimiento, se produjo la crisis. Apenas había movido Czentovic su pieza, el doctor B., sin mirar bien el tablero, avanzó de pronto su alfil tres escaques y gritó tan alto que todos nos sobresaltamos:

—¡Jaque! ¡Jaque al rey!

Miramos de inmediato al tablero con la esperanza de ver un movimiento extraordinario. Pero, al cabo de un minuto, sucedió algo que nadie esperaba. Czentovic levantó muy muy despacio la cabeza y nos miró —algo que hasta entonces no había hecho nunca— uno por uno a todos. Parecía estar disfrutando de algo inmensamente, pues sus labios comenzaron a formar una sonrisa satisfecha y claramente burlona. Solo después de haber disfrutado hasta el último poso de ese triunfo para nosotros aún incomprensible, se dirigió con falsa cortesía a nuestro círculo:

—Discúlpenme... pero no veo ningún jaque. ¿Ve quizás alguno de los señores a mi rey en peligro?

Miramos el tablero y luego, llenos de inquietud, al doctor B. El rey de Czentovic estaba, de hecho —hasta un niño podía verlo—, totalmente protegido contra el alfil con un peón, así que no era posible un jaque. Nos intranquilizamos. ¿Había desplazado nuestro amigo, en su entusiasmo, alguna pieza, un escaque demasiado lejos o demasiado cerca? Alertado por nuestro silencio, también el doctor B. miró el tablero y comenzó a balbucear:

—Pero el rey tiene que estar en f7... No está bien, está mal. ¡Ha movido mal! Todo está mal en el tablero... El peón tiene que estar en g5 y no en g4... Esta es una partida completamente distinta... Es...

Se interrumpió de golpe. Yo lo había tomado del brazo o, más bien, le había agarrado el brazo con tanta fuerza que hasta él, en su confusión febril, había notado mi mano. Se volvió y me miró como un sonámbulo.

—¿Qué... qué desea?

Solo dije: «*Remember!*», y recorrí a la vez con un dedo la cicatriz de su mano. Él siguió automáticamente mi movimiento, sus ojos vidriosos observaron la línea roja como la sangre. Luego comenzó de pronto a temblar, y un escalofrío le recorrió el cuerpo.

—¡Por amor de Dios! —susurró con los labios pálidos—. ¿He hecho o dicho alguna insensatez?... ¿Vuelvo a estar en las últimas?

—No —le susurré al oído—. Pero debe dejar la partida de inmediato, ya es hora. Acuérdese de lo que le dijo el médico.

El doctor B. se levantó con un respingo.

—Les pido disculpas por mi estúpido error —dijo con su voz educada de antes, y se inclinó ante Czentovic—. Es, por supuesto, una auténtica tontería lo que he dicho. La partida es suya. —Luego, se dirigió a nosotros—: También debo disculparme con ustedes, caballeros. Pero ya les advertí que no debían esperar demasiado de mí. Perdonen la decepción: esta es la última vez que juego al ajedrez.

Se inclinó de nuevo y se fue de la misma manera discreta y misteriosa en la que había aparecido al principio. Solo yo sabía por qué aquel hombre no volvería a tocar jamás un tablero de ajedrez, por lo que los demás quedaron un poco desconcertados con la sensación indefinida de haber escapado por poco de algo desagradable y peligroso.

—*Damned fool!* —refunfuñó McConnor en su decepción.

El último en levantarse de su asiento fue Czentovic, quien lanzó aún una mirada a la partida a medias.

—¡Qué pena! —dijo, magnánimo—. El ataque no estaba nada mal dispuesto. La verdad es que el caballero tiene un talento de lo más insólito para ser solo un aficionado.

Títulos de la colección: